Piratenschwestern

Petra Postert

PIRATEN SCHWESTERN

TULIPAN VERLAG

JETZT

Schöne Grüße

Tür zu und weg. Piratinnen sind so! Und wenn keiner sie aufhält, schnappen sie ihre Tasche und dann kapern sie ein Boot. Segeln einfach davon. Lass Haare wehn! Und den Schlüssel von zu Hause werfen sie über Bord. Welle ins Gesicht. Klatsch. Wischen sich nur kurz über die Augen. Und dann weiter, zur nächsten Insel. Und wenn Kim dort angekommen ist, knallt sie sich erst mal in die Sonne am Strand – Sonnenbrille auf, Handy raus, Musik an – und schreibt stundenlang an ihre Freunde. An Mik als Erstes natürlich. Da kann er ihr gleich hinterher. Dabei kann der bestimmt gar nicht segeln. Mik ist ein Volldepp und kein Pirat.

Bei uns wird Kim sich erst nach Wochen melden, wenn überhaupt. Und nur wenn wir Glück haben, kriegen wir eine Postkarte von ihr mit Palmen vorne und schönen Grüßen hinten und einer Briefmarke mit Chamäleon oder Känguru darauf. Kim lässt uns erst mal zappeln, weil sie von uns genug hat. Besser gesagt, von mir, der kleinen Schwester, hat sie genug. Und eigentlich will sie nur mich nicht mehr sehen.

Ich sitze im Freibad auf einer Bank vor den Umkleiden und lasse meine Beine vor- und zurückschwingen, vor und zurück, meine Füße schleifen über den Boden. Und jetzt? Vielleicht sollte ich noch eine Runde durchs Bad drehen? Das ist doch immer noch besser, als hier herumzusitzen. Ich stehe auf. Meinen Rucksack schiebe ich unter die Bank. Wer klaut schon Schulsachen?

Omi-Opi-Badetag

Ich halte meine Hand an die Stirn, weil die Sonne mich blendet, und lasse meinen Blick langsam übers glitzernde Wasser schweifen und über den Weg drum herum und die daran angrenzenden Büsche und die Bäume dahinter. Es bewegt sich fast nichts, nicht mal die Blätter an den Bäumen. Und es ist ganz still. Die alten Leute bewegen sich zwar, aber unglaublich langsam. Wie in Zeitlupe. Omis mit Betonbusen und geblümten Badeanzügen und Gummikappen. Und Opas mit Kugelbäuchen und flachen Hintern in Badehosen bis unter die Brust. Ich sehe nur alte Leute. Ist mittwochs Omi-Opi-Badetag? Die Leute sehen nicht aus, als hätten sie Spaß. Ich wische den Schweiß aus meinem Gesicht. Die Sonne sticht. Dabei ist noch früher Sommer und noch nicht mal Mittag. Kim ist nicht hier, nicht bei den Schwimmern.

Ich laufe in Richtung Nichtschwimmerbecken. Von Weitem sehe ich nur ein paar Frauen, sie stehen im kniehohen Wasser, die Hände in die Hüften gestemmt, und halten ihr Gesicht mit geschlossenen Augen in die Sonne. Ansonsten ist das Becken leer. Kurz gucke ich noch am Babybecken vorbei, werfe im Laufen einen Blick auf die Insel, die bei Tageslicht nicht mehr ist als ein gelber, kleiner Plastikhügel im Wasser mit einer lächerlichen Plastikpalme darauf.

Bei den Umkleiden ist Kim auch nicht. Ich drücke die Milchglastür zu den Toiletten auf und mache zwei Schritte hinein.

»Kim?«, rufe ich halblaut. Nichts. Ich denke: ›Was, wenn Kim nicht mehr zu uns zurückkommt? Nie mehr? Was, wenn ich ihr nicht mehr sagen kann, dass es mir leidtut?‹

Ich hatte übrigens nie vor, in Kims Sachen zu schnüffeln. Es ist ganz von selbst passiert.

Und ich denke: ›Wenn Kim wegbleibt, wird alles wie früher bei uns. Und vielleicht kriege ich dann das rote Schränkchen im Bad und Papa braucht kein zweites an die Wand zu hängen. Und wir brechen die Tür zu Kims Zimmer auf und schieben ihren Kleiderschrank in mein Zimmer und meinen Schrank verschenken wir an arme Leute. Und Kims Zimmer wird wieder unser Arbeitszimmer. Unser Saustall.‹

Auf einmal bin ich wütend und könnte stampfen und fluchen und wutheulen, weil ich Kims Schränke doch überhaupt nicht haben will. Nur wenn sie mir die Schränke schenkt, will ich sie haben, verdammt! Und ich weiß es doch genau: Wenn Kim sich nicht mehr blicken lässt, wird nichts mehr so sein wie früher. Früher habe ich Kim nicht vermisst.

Plötzlich habe ich keine Lust mehr, weiter nach Kim zu suchen. Es bringt doch nichts. Wie hatte ich auch glauben können, dass sie hier im Freibad ist? Wenn das alles so einfach wäre, so einfach wie Fingerschnipsen zum Beispiel.

Ich trotte wieder zurück zu der Bank vor den Umkleiden, zu meiner Bank. Rutsche vor bis zur Kante, hefte meinen Blick auf meine türkisglänzenden Zehennägel, über die gerade eine Ameise krabbelt. Ich bin wirklich dämlich, unfassbar dämlich. Habe es gerade mal bis zum Freibad geschafft. Auf eine Bank vor den Duschen. Mehr nicht.

Schule geschwänzt, Mega-Slush getrunken, auf eine Verkehrsinsel gepinkelt, mit dem Bus durch die ganze Stadt gegondelt. Und Joscha kennengelernt. Das war's. Und? Was weiß ich nun?

Ich weiß, dass Kim nicht im Freibad ist. Bravo, Franka. Toll gemacht! Genau genommen bedeutet es nämlich null Komma nichts, dass ich das jetzt weiß, denn Kim könnte überall sonst sein. Überall ist unendlich. Und deshalb ist es sinnlos, weiter nach ihr zu suchen.

EWIG HER

Nachricht

Der Tag, an dem sie es mir sagten, ist lange her, fast ein ganzes Jahr. Ich war gerade in die Fünfte gekommen. Ich weiß noch genau, es war ein Sonntag, wir saßen beim Frühstück mit Ei und Schinken und allem und waren fast fertig mit essen. Da fingen sie plötzlich damit an. Sie meinten, dass es bestimmt lustig werde mit uns vieren.

»Mensch, Franka, das wird was geben!« Mama und Papa lachten gleich los.

Ich hatte erst keinen Schimmer, um was es ging, und kapierte nicht, weshalb sie so aufgedreht waren. Wenn Mama sprach, zwinkerte Papa mir zu. Und wenn Papa sprach, legte Mama den Kopf schief und nickte hektisch. Ich musste an die beiden Theaterleute denken, die vor Kurzem bei uns in der Schule gewesen waren. Die hatten genau so mit uns gesprochen, mit Akrobatik im Gesicht, als würde es nicht reichen, etwas ganz normal zu sagen. Als wären wir zu blöde, die Worte allein zu verstehen. Dabei war es doch jetzt ganz einfach. Kim würde zu uns ziehen. Nur das wollten Mama und Papa mir sagen.

Papa meinte, dass ich mir keine Sorgen machen müsse, weil sich für mich fast nichts ändere.

»Was heißt, fast nichts?«, fiel Mama ihm gleich ins Wort, bevor ich überhaupt an auch nur die klitzekleinste Sorge denken konnte. »Gar nichts wird sich für Franka ändern. Absolut nichts!«

Und ich dachte: ›Ist doch nicht schlimm, wenn sich was ändert. So aufregend ist mein Leben im Moment nun auch wieder nicht.‹ Ich tunkte mein Croissant in die Aprikosenmarmelade, kaute, schluckte und überlegte, wie Kim wohl jetzt aussah. Ich dachte nie an sie, denn damals gehörte sie noch nicht zu uns. Ganz früher, als Kim noch in unserer Nähe gewohnt hatte, hatten wir manchmal was zusammen unternommen, aber dann nicht mehr. Jedenfalls hatte ich Kim eine Ewigkeit nicht gesehen. Ich glaube übrigens, Papa auch nicht. Dabei ist sie seine Tochter.

»Du sagst ja gar nichts«, sagte Mama plötzlich zu mir.

Ich zuckte mit den Schultern. »Was soll ich denn sagen?«

Da rutschte Papa zu mir auf die Küchenbank und legte seinen Arm um mich, und ich konnte den Räucherschinken aus seinem Mund riechen, den er gerade gegessen hatte. Ich weiß es noch genau. Und die Sonne schien durchs offene Fenster warm auf unsere Bäuche. Ich lehnte mich an Papa, nippte an meinem Saft und dachte, dass Papa also bald zwischen zwei Mädchen sitzen würde, genau hier auf der Bank würde er zwischen zwei Mädchen sitzen. Zwischen Kim und mir. Und da fiel mir ein, dass ich mir doch eigentlich immer eine Schwester gewünscht hatte.

Schwester

Ich dachte es mir so: ›Eine Schwester ist immer da. Morgens, mittags, abends, nachts. An Weihnachten, Ostern, Silvester und wenn ich Geburtstag habe. Und auch wenn ich meine Zähne putze, ist sie da, und wenn ich Husten habe oder Fieber. Wenn ich jemanden zum Quatschen brauche oder gar niemand sehen will. Beim Waffelbacken und Nudelessen ist sie da. Und beim Fernsehen und beim Unter-die-Decke-Kuscheln. Sie ist da, wenn ich wütend bin und durch die Wohnung brülle. Wenn meine beste Freundin Flo mich besucht oder sonst jemand. Wenn mir langweilig ist. Wenn ich dauernd kichern muss. Wenn wir am Meer oder in den Bergen sind. Eine Schwester ist immer da, auch wenn sie mal weg ist. Eine Schwester ist immer da. So wie ich.‹

Tussis

Ich rief Flo an und erzählte ihr alles. Erst überschlug sie sich. »Hast du es gut!«, rief sie ins Telefon. »Eine Schwester ist cool! Überleg mal, was du mit der alles machen kannst. Wann kommt sie?«

»Bald, glaube ich«, sagte ich.

»Und wie alt ist sie?«

Auch das wusste ich nicht genau. Deshalb sagte ich »jugendlich«, denn das war Kim ja auf jeden Fall. Für einen Moment herrschte Stille in der Leitung.

»Was ist?«, fragte ich.

Flo holte tief Luft, und als sie endlich weitersprach, klang sie nicht mehr so begeistert. »Na ja«, sagte sie gedehnt, »mit so einer kann es gut gehen. Muss es aber nicht.«

Als Flo das gesagt hatte, kribbelte es unheilvoll in meinem Nacken. Flo kannte sich aus mit Jugendlichen. Als ihr Bruder Chris sich in einen Jugendlichen verwandelte, lag Flo im Bett nebenan und schlief. Wäre es tagsüber passiert, hätte sie ihm wahrscheinlich dabei zusehen können. Aber so sah sie nur das Ergebnis am nächsten Morgen. Chris' Füße waren um drei Schuhgrößen gewachsen, auf seiner Stirn blühten Pickel, die Stimme brach ihm dauernd weg und er stank. Laut gerülpst hatte Chris früher schon. Nur nicht so laut und auch nicht am Tisch. Flo hatte mir alles haarklein erzählt. Und sie hatte gesagt, dass wir froh sein konnten, dass wir Mädchen waren. Auch Mädchen verwandelten sich, aber nicht so schnell, nicht über Nacht.

»Wieso meinst du, es könnte nicht gut gehen mit ihr?«, fragte ich vorsichtig.

»Denk doch mal an die Treppen-Tussis!«

Das saß. An die Treppen-Tussis hatte ich noch gar nicht gedacht. Diese dummen Tussis, große Mädchen eigentlich nur, die immer die Stufen auf der Treppe blockieren, die auf Flos Heimweg von der Schule liegt. Sie haben groß geschminkte Augen und riesige Handtaschen und tragen knallenge Hosen. Und bei manchen quillt der Speck oben wieder heraus. Andere sind dünn wie Giraffenhälse. Die Tussis rauchen. Und werfen ihre Haare und hören Musik und sind laut. Das vor allem. Sie sind schrecklich laut. Bei mir an der Schule gibt's zwar auch große Mädchen, aber die sind anders, nicht so aufgedonnert, nicht so übertrieben. An den Treppen-Tussis muss ich zum Glück nur montags vorbei, weil ich montags nach der Schule mit zu Flo gehe. Wir haben nachmittags noch Schwimmen und Flos Mutter bringt uns hin. Montags hoffe ich immer, dass es regnet. An Regentagen lassen die Tussis sich nämlich nicht blicken, weil ihre Billigballerinas dann mit Wasser vollliefen.

Bei Regen sind auch die Jungs nicht da. Nur wegen der Tussis kommen sie zur Treppe. »Aber auch nicht jeden Tag«, sagt Flo. Die Jungs tragen dunkle Sachen, dunkle, zu kurze Jacken und dunkle, zu lange Hosen. Auch ihre Stimmen sind dunkel, sie klingen gefährlich. Vor den Jungs habe ich Schiss. Sie tun einem zwar nichts, aber man denkt immer: ›Gleich tun sie einem was.‹

»Du darfst ihnen nie in die Augen schauen«, hat Flo mir eingeschärft. »Das ist wie mit fremden Hunden. Schau ihnen nie in die Augen, dann tun sie dir nichts.« Und so marschieren wir immer stramm durch die laute Meute, den Blick geradeaus. Das ist gar nicht so einfach, denn man kommt kaum durch mit Rucksack, Schwimmtasche und allem. Und die Stufen nehmen kein Ende. Ich muss mich jedes Mal zwingen, nicht zu rennen. Denn wenn man rennt, weiß auch Flo nicht, was passiert.

»Franka?«, hörte ich Flos Stimme durchs Telefon. »Bist du noch dran?«

»Mmmm.«

»Mach dir mal keine Sorgen«, sagte sie.

Ich beendete das Gespräch. Mir war auf einmal mulmig, und ich fing jetzt doch an, mir Sorgen zu machen. Später fragte ich Papa, wie alt Kim sei. Papa musste überlegen. Er schielte in Richtung Zimmerdecke, und seine Lippen bewegten sich lautlos, als habe er was Kompliziertes zu rechnen.

»Fünfzehn«, sagte er schließlich zögernd.

Es klang wie eine Frage.

Backfisch

Oma war gleich ziemlich aufgekratzt, als sie hörte, dass Kim zu uns zog. »Na, da kriegt ihr ja einen richtigen Backfisch!«, rief sie aufgeregt und schob ihren leeren Teller beiseite.

Wie jeden Sonntag waren wir zu Oma zum Essen gefahren. Und wie jeden Sonntag hatte sie auch diesmal wieder was Altmodisches gekocht. Schweinebraten mit Klößen und Rotkohl. Ich mag das.

Oma guckte erwartungsvoll von einem zum anderen. »Nun erzählt schon!«

»Da gibt's nichts zu erzählen«, sagte Mama und fing an, die Teller übereinanderzustapeln.

»Wieso Backfisch?«, fragte ich.

»Weißt du«, begann Oma und streichelte mit ihren runden, weichen Fingern meine Hand. »Backfisch nannte man zu meiner Zeit ein junges Mädchen.« Sie guckte versonnen.

Mama und Papa standen auf und räumten den Tisch ab. Ich blieb bei Oma sitzen.

»Wieso Backfisch?«, fragte ich Oma noch mal.

Ich bekam keine Antwort. Oma war auch aufgestanden und kramte nun in einer Schublade ihrer Wohnzimmerschrankwand in alten Fotos. Endlich kam sie zu mir zurück und schob ein Foto feierlich über den Tisch. Schwarz-weiß, Zackenrand. Ich sah eine junge Frau in einem steifen Kleid, die Arme in die Hüften gestemmt, das eine Bein merkwürdig schräg nach vorn gestellt. Bestimmt hatte sie neue Schuhe und wollte die jetzt zeigen. Völlig verrückt aber waren ihre Haare. Die hatte sie zu einem gigantischen Turm frisiert, der bestimmt einen halben Meter hoch war. Die Form erinnerte mich an die Blüte einer Hyazinthe. Ich hatte nicht gewusst, dass man mit Haaren so etwas machen konnte. Sicher dauerte es Stunden, und sicher steckte eine spezielle Konstruktion aus Holz oder Pappe darunter, sonst hätte es im Leben nicht gehalten.

»Das bin ich«, sagte Oma stolz. »Als Backfisch.«

›Warum nannte man Mädchen bloß so?‹, fragte ich mich. ›Weil sie dauernd fettigen Backfisch aßen? Oder weil die Haare ab einem gewissen Alter schnell fettig wurden? Fettig wie Backfisch. War das der Grund?‹

Ich kannte Backfische nur von der Fischbude auf dem Markt. Sie waren aber gar nicht in einem Ofen gebacken, sondern in einem Becken, das groß war wie eine Badewanne, frittiert. Und wie Fische sahen die Backfische auch nicht aus, eher wie gelbe, schweißtriefende Schuhsohlen, die so groß waren, dass sie auf keinen Pappteller passten. Ich fand, das Beste am Backfisch waren das Brötchen und die Zitronenecke.

Wieder beugte ich mich über das Foto. Da sah ich, dass in Omas Backfischhaaren eine große, breite Haarspange steckte. Da das Bild schwarz-weiß war, wusste ich nicht, welche Farbe sie hatte. Wäre sie gelb gewesen, hätte man sie für ein Stück Zitrone halten können. Aber nur vielleicht.

Ich wollte Oma ein drittes Mal fragen, was junge Mädchen mit Backfischen zu tun hatten. Aber dazu kam ich nicht mehr, weil wir nach Hause fuhren. Also fragte ich im Auto Mama und Papa. Sie wussten es beide nicht.

Saustall

Ich lag im Bett und sollte schlafen. Da fiel mir etwas ein, etwas, an das ich überhaupt noch nicht gedacht hatte, das aber sehr wichtig war. Wo wollten wir Kim und ihre Sachen eigentlich unterbringen? Sie besaß sicher so allerhand. Allein für meine Sachen hätte man schon einen halben Lastwagen gebraucht.

Kim ist aber viel älter als ich. Je älter man ist, desto mehr Sachen gehören zu einem. Man sieht es an Oma. Sie ist die Älteste von uns und besitzt am allermeisten. Ihr kleines Haus ist vom Keller bis unters Dach vollgestopft mit allen möglichen Dingen. Zum Beispiel hat sie Hunderte Blumenkästen, diverse Töpfe und Pfannen, Wolle in Plastiksäcken, Zeitschriften in Pappkartons, Porzellanpuppen, eine Geige, drei Blockflöten und eine elektrische Haartrockenhaube.

Mir wurde heiß. Plötzlich kam mir unsere Wohnung winzig vor. Wenn Kim bei uns einzog, schleppte sie ihr Zeug sicher kistenweise hier an. Wollten sie etwa, dass Kim bei mir einzog? War das ihr Plan? Aber das war unmöglich! Für einen zweiten Schrank war in meinem Zimmer definitiv kein Platz. Und für ein zweites Bett schon gleich dreimal nicht. Und mit einem Stockbett wollte ich erst gar nicht mehr anfangen. Aus dem Alter war ich raus. Am Ende mussten wir umziehen.

Ich stand auf, lief ins Wohnzimmer und fragte Mama und Papa, wo Kim schlafen solle.

»Kim kommt ins Arbeitszimmer«, sagte Mama.

Ich stutzte. Ins Arbeitszimmer? Das war doch wohl nicht ihr Ernst.

»Klar, ins Arbeitszimmer«, meinte auch Papa. »Oder soll sie etwa in die Abstellkammer? Dort hätte sie exakt … Moment.«

Er sprang auf, holte einen Zollstock, lief zur Kammer und kam mit einem Taschenrechner zurück.

»1,52 Quadratmeter. Exakt 1,52 Quadratmeter hätte Kim dann für sich.«

Papa hielt es für einen guten Witz und fing überdreht an zu lachen. Ich lachte nicht. Ich konnte es immer noch nicht glauben, dass Kim unser Arbeitszimmer bekommen sollte. Es war zwar richtig groß, aber auch der reinste Saustall! Unsere Gäste schliefen immer entweder im Wohnzimmer oder im Hotel. Hätten sie im Arbeitszimmer übernachtet, dann hätten sie um ihr Leben fürchten müssen. Es bestand nämlich die Gefahr, von Büchern, Aktenordnern oder von Kisten erschlagen zu werden. Schon zu lautes Schnarchen hätte die hohen Stapel zum Einsturz bringen können.

»Seid ihr wirklich sicher?«, fragte ich.

Jetzt lachte auch Mama. Sie stand auf und ging aus dem Zimmer. Ich lief ihr nach. Mama hatte die Hand schon auf die Klinke der Tür zum Arbeitszimmer gelegt, da drehte sie sich noch mal zu mir um und machte ein geheimnisvolles Gesicht. Dann öffnete sie die Tür und knipste das Licht an. Tataaa! Ich war platt. Das Zimmer war tipptopp! Ich machte ein paar Schritte hinein, drehte mich einmal um mich selbst und fasste es nicht. Alles war so hell und ordentlich. Das Bett war noch nicht bezogen, Decke und Kopfkissen lagen zusammengefaltet auf der Matratze. Das Zimmer war sogar größer als meins. Ich fragte Mama, wer hier ausgemistet hatte und wann. Und wer das Bild übers Bett gehängt hatte. Rote Tulpen. Na ja. Ich fragte sie, woher die leeren

Regale kamen. Und vor allem der Schrank. Wie hatte solch ein Riesending es hier nach oben geschafft? Der Schrank war weiß und viel breiter als meiner und er stieß fast an die Decke. So einen Schrank klemmte man sich nicht mal eben unter den Arm und trug ihn die Treppe hinauf in den dritten Stock. Und das Aufbauen und dann das Putzen des Zimmers hatten doch bestimmt Radau gemacht. Letztes Wochenende hatte ich bei Flo übernachtet. Hatten sie da alles eingerichtet?

Mama grinste und sagte nur: »Die Heinzelmännchen waren hier.«

Ich öffnete den Schrank. Er roch ganz neu. Da waren sogar vier Schubladen innen drin. Schick. Wirklich sehr schick. Ich zog alle der Reihe nach auf und schloss sie wieder. Dann betrachtete ich mich in dem langen Spiegel, der an einer der Schrankinnenseiten hing. Mein Nachthemd war mir viel zu klein.

»Na?«, fragte Mama.

Ich schloss den Schrank und sagte: »Wie im Hotel.«

Als ich schließlich im Bett lag, fragte ich mich, warum sie mir nichts gesagt hatten, und vor allem, warum ich von alldem nichts mitbekommen hatte. Ich bekam doch sonst alles mit.

Noch ein Schrank

»Muss das jetzt sein?«, fragte Mama, als Papa die Bohrmaschine aus dem Keller holte. »Um diese Zeit?« Es war nach neun Uhr abends und ich schon im Schlafanzug.

»Sind doch nur zwei Löcher«, sagte Papa und legte los.

Mama brummte was vor sich hin und verließ das Bad. Ich blieb. Papa veranstaltete einen Höllenlärm, aber nur ganz kurz, und ich saß währenddessen auf dem Rand der Badewanne und hielt mir die Ohren zu. Dann drückte Papa Dübel in die beiden Bohrlöcher, drehte Schrauben hinein und hängte an die Schrauben einen kleinen, tomatenroten Metallschrank. Er war innen an der Rückseite komplett verspiegelt, und die Schrankböden waren aus Glas, und die Tür klackte, wenn man sie aufzog, und ich war auf einmal ein wenig neidisch, denn ich hätte auch gerne so ein Schränkchen bekommen. Ich sagte es Papa.

»Wofür brauchst du denn so was?«, fragte er und guckte mich amüsiert an. Leider fiel mir außer Haargummis und Haarspangen auf die Schnelle nichts ein.

Als ich später zum Zähneputzen im Bad war, sah ich mir das Schränkchen noch einmal genau an. Ich öffnete es. Klack. Drei Etagen. Ich fand heraus, dass man die Einlegeböden unterschiedlich hoch anbringen konnte. Dazu musste man nur die kleinen Plastiknippel, auf denen die Böden lagen, aus den Seitenwänden ziehen und in andere dafür vorgesehene Löcher stecken. Ich probierte es aus. Dieses Schränkchen war unglaublich praktisch. Ich überlegte, was Kim wohl dort hineinräumen würde. Gesichtscreme, Handcreme, Körperlotion fielen mir ein. Und Schminksachen. Das vor allem. Und sonst? Deo natürlich. Kim würde auf jeden Fall ein Deo dort hineinstellen. Irgendwann braucht es schließlich jeder, weil jeder irgendwann anfängt unter den Armen zu müffeln. Es ist nur eine Frage der Zeit.

Ich schnupperte unter meinen. Da müffelte nichts, es roch nur nach mir. Aber ich wusste, irgendwann ging es los. Duschen jeden Tag und Deo, weil da plötzlich irre viele Haare wachsen, dicht und buschig wie Kaninchenfell. Besser, man rasiert es ab. Auch an den Beinen. Schön glatt. So macht es Mama. Deo braucht man zusätzlich, auch ohne Haare. Bei mir wuchsen aber erst ungefähr acht Haare auf jeder Seite und die waren kurz und eigentlich durchsichtig.

Kim aber würde auf jeden Fall diese rosafarbenen Minirasierer, wie Mama sie hatte, in ihr Schränkchen legen, und Rasierschaum natürlich auch. Und Nagellack. Mir fiel ein, dass ich in meinem Zimmer ein Fläschchen Nagellack hatte. Türkis. Ich holte es und stellte es auf die mittlere Etage. Es sah dort ziemlich verloren aus, obwohl es durch den Spiegel im Schränkchen doppelt erschien. Flo hatte mal erzählt, dass es Mädchen gibt, die Nagellack sammeln. Und wenn sie hundert Fläschchen zusammenhaben, veranstalten sie eine Nagellackparty. Ich stellte es mir vor. Zehn Mädchen in unserem winzigen, fensterlosen Bad. Neben- und übereinander, drängelnd, lachend, über ihre bunten Fingernägel pustend. Und Mama schickt mich zu ihnen, weil ich fragen soll, ob sie was zu knabbern möchten. Natürlich möchten sie. Immer her damit. Chips und Nüsse. Und sie fragen mich, welche Nagellackfarbe ich gerne hätte. »Rot mit weißen Tupfen«, sage ich und strecke ihnen meine Finger hin.

Ja, so stellte ich es mir vor. Ich nahm das Nagellackfläschchen wieder aus dem Schränkchen, schloss die Tür und verließ das Bad.

Chillen

Es war Montag und wir gingen nach der Schule zu Flo. Zum Glück regnete es und die Treppen-Tussis waren nicht da. Als wir bei Flo zu Hause ankamen, sahen wir gleich, dass Flos Bruder Chris wieder mal die Bude voll hatte. Chris und Kollegen. Im Flur lag ein Berg Schuhe, über den wir steigen mussten. Wahnsinnstreter. Flo hielt sich die Nase zu. Wir schlichen an Chris' Tür vorbei. Die Jungs chillten sicher dahinter. Einmal hatte Flo mir erklärt, dass man beim Chillen auf keinen Fall aufrecht sitzen dürfe. Man sucht sich ein Bett oder eine Zimmerecke und dazu ein oder mehrere Kissen. In das Bett oder in die Ecke fläzt man sich dann. Musik hören und rülpsen sind beim Chillen erlaubt, zur Not auch kurz reden, aber auf keinen Fall quatschen.

Mir fielen jetzt auch die Rülpskonzerte ein, von denen Flo ein anderes Mal erzählt hatte. Eklige Rülpskonzerte, die Chris und Kollegen in Chris' Zimmer veranstalteten – mit Brüllrülpsern zwischendrin. Flo sagte, dann höre es sich an, als wenn da aus so einem Hals noch viel mehr herauskäme als nur Geräusche. Ich durfte gar nicht weiterdenken.

Wir hatten gerade damit begonnen, Flos neue Stickerhefte durchzusehen, da bekam ich Durst.

»Bring mir auch was mit«, sagte Flo.

Ich ging in die Küche. Dort sah es aus, als hätte jemand verzweifelt nach etwas gesucht und nichts gefunden. Ich fragte mich, was sich überhaupt noch in den Schränken befand. Ich nahm zwei Gläser vom Regal und eine Flasche Wasser aus einer Kiste hinter der Tür. Als ich mich an Chris' Tür vorbeidrücken wollte, ging sie plötzlich auf. Ich hockte mich hin und presste meinen Rücken gegen die Wand. Helles Licht strahlte aus dem Zimmer in den dunklen Flur. Eine Gestalt schob sich durch die Tür wie ein langer, dünner Schatten: Kollege Nummer eins. Kurz darauf: Kollege Nummer zwei, ich zählte weiter: drei, vier. Auch diese beiden Kollegen schlappten in den Flur. Nummer vier war viel kleiner als die anderen. Und dann kam noch Chris hinterher. Ihn erkannte ich. Die fünf bemerkten mich nicht. Dabei kauerte ich doch direkt vor ihnen.

»Mach mal einer 'ne Funzel an«, sagte jemand und – klack – schon war es hell. Vor meinem Gesicht baumelte eine große, halb volle Colaflasche. Einer der Jungs hielt sie lässig mit nur zwei Fingern. Da sahen sie mich.

»Ach, hey«, sagte Chris und hob kurz die Hand.

Ich sagte nichts.

»Ist das deine Schwester?«, fragte der Kleine. Er trug eine Kappe, sah aus wie zwölf und hatte eine Stimme wie ein Mann.

»Nö«, sagte Chris.

»Wer bist 'n du?«, fragte mich der Kleine.

Ich machte keinen Piep.

»Ist die immer so?«

»Nö«, sagte Chris.

»Wer iss'n das jetzt?«, fragte ein anderer.

Niemand antwortete. Die fünf guckten mich stumm an und ich guckte stumm zurück. Dann fing einer an zu lachen und die anderen lachten mit. Einer riss plötzlich den Mund auf, und ich dachte: ›Jetzt geht's los mit der Rülpserei‹, aber er gähnte nur und ich sah seine Zähne.

»Hey, Alter«, sagte Chris und schlug ihm auf den Rücken. »Wohl nicht genug gechillt?«

»Also, was jetzt?«, fragte der Kleine wieder und hockte sich blitzschnell vor mich hin. Erschrocken zuckte ich zurück. Er guckte mir ins Gesicht und lächelte sogar. Ich holte tief Luft. Eigentlich sah er ganz nett aus. Und ich roch auch nichts. Ich entdeckte nur ein paar Pickel auf seiner Stirn. Mit einem Rutsch drehte der Junge seine Kappe um, sodass der Schirm hinten war.

»Ich bin Bonsai«, sagte er. »Und du?«

Ich starrte auf den komischen Knubbel an seinem Hals, der hoch- und runtertanzte, wenn er sprach. Bonsai? Waren das nicht diese Minibäume aus Japan oder China und teuer wie sonst was?

»Franka«, brachte ich schließlich heraus. Meine Stimme war dünn.

»Franka«, wiederholte er und sah aus, als dächte er nach. Dann sagte er noch einmal: »Franka.« Ich wusste nicht, was das jetzt sollte. Schließlich nickte er anerkennend. »Nie gehört. Franka. Aber cool. Echt cool.«

Ich fasste es nicht. Was bitte, war an meinem Namen cool? Ich habe mich an ihn gewöhnt, finde ihn aber immer noch nicht ideal. Er klingt, als hätten Mama und Papa fest mit einem Jungen gerechnet, eben mit einem Frank. Und dann war doch ein Mädchen herausgekommen. Ich. Und da hatten sie nicht lange gefackelt und an den Frank einfach ein »a« hinten drangehängt. Franka.

Jetzt hörte ich hinter mir einen Schlüssel in der Tür. Es war Andrea, Flos und Chris' Mutter. Bonsai sprang auf und grinste. Kollege Nummer zwei nahm die Hände aus den Hosentaschen, Nummer drei, der sich gerade noch an die Wand gelümmelt hatte, stellte sich aufrecht hin. Und Nummer vier ließ die Colaflasche hinter seinem Rücken verschwinden.

»Hey, Mum«, sagte Chris.

»Hallo, Männer!«, sagte Andrea, hängte ihre Jacke an den Haken und stellte die volle Einkaufstüte ab.

»Hallo … öh … also, guten Tag.«

Räuspern, Hüsteln.

Was war mit denen denn auf einmal los? Ich stand auf. Da erst entdeckte mich Andrea. Sie freute sich, mich zu sehen.

»Hallo, Andrea«, sang ich, drehte mich um und hüpfte zu Flo ins Zimmer. Schnell schloss ich die Tür hinter mir.

»Wo warst du so lange?«, fragte Flo.

»Chriiiiistoffff!«, brüllte da Andrea.

Flo und ich schossen zur Tür und öffneten sie einen Spalt. Wir sahen Andrea im Flur stehen, breitbeinig, grimmig, die Arme vor der Brust verschränkt.

»Gnade, Mum!«, flötete Chris. »Gnade! Wir haben uns nur was zu essen gemacht und wollten gerade alles wegräumen. Ehrlich!«

Wir machten die Tür wieder zu, schmissen uns lachend auf Flos Bett, und ich war unendlich froh, dass ich keinen Bruder, sondern eine Schwester bekommen würde.

Streit

An einem anderen Tag wussten Flo und ich nicht, was wir machen sollten. Wir standen mit hängenden Armen vor meinem Regal, das vollgestopft war mit Sachen. Wir hatten keine Ahnung, was wir damit anfangen konnten.

Plötzlich hatte Flo eine Idee. Sie sagte: »Wir könnten spielen, dass wir Schwestern sind.«

»Gute Idee«, sagte ich. Schließlich bekam ich in wenigen Tagen eine. Wir tauschten unsere Klamotten, wir gingen zusammen aufs Klo, setzten uns sogar zusammen auf die Klobrille, lachten uns kaputt. Aber es fühlte sich nicht an, als seien wir Schwestern. Es fühlte sich an wie immer, wenn Flo und ich zusammen waren.

»So funktioniert das nicht«, sagte ich.

»Nein, so funktioniert es wirklich nicht«, sagte Flo.

Wir waren ratlos.

»Ich hab's«, sagte Flo plötzlich. Sie zog die Stirn kraus, ballte ihre Hände zu Fäusten und stemmte sie in die Seiten. Sie streckte ihren Kopf vor und funkelte mich böse an.

»Was ist los?«, fragte ich.

Statt mir zu antworten, machte Flo einen Schritt auf mich zu, ihr Gesicht war jetzt so nah an meinem, dass unsere Nasenspitzen sich fast berührten. Flo packte meine Schultern und schubste mich zurück. Ich schnappte nach Luft.

»Hey, was soll das?«

Wieder machte Flo einen Schritt in meine Richtung und wieder schubste sie mich. Jetzt noch kräftiger als beim ersten Mal.

»Spinnst du?«, rief ich.

Flo verschränkte die Arme vor ihrer Brust und grinste breit.

»Wir streiten«, sagte sie fröhlich. »Das machen Schwestern dauernd.« Und wieder verfinsterte sich ihr Blick.

Mir ging ein Licht auf. »Also gut«, sagte ich. »Streiten wir.«

Diesmal fing ich an. Ich nannte sie »Zicke«. Sie nannte mich »Dooffrau«. Ich sagte: »Pupsgesicht«. Und sie: »Furzgurke« und »Knalltüte«.

»Schweinsnase«, brüllte ich.

»Arschkeks«, frohlockte Flo.

Wir hatten Mühe, ernst zu bleiben.

»Rotbäckchen«, sagte Flo auf einmal und kniff mich fest in beide Wangen. Das fand ich nicht witzig und schubste sie weg. Flo weiß genau, wie ich es hasse, dass mir bei der noch so kleinsten Kleinigkeit das Blut in die Wangen steigt.

»Rotbäckchen«, sagte Flo noch mal.

»Hör auf«, sagte ich.

Etwas blitzte in Flos Augen auf, etwas, das gerade noch nicht da gewesen war. »Rotbäckchen, Rotbäckchen«, sang sie leise und grinste.

Jetzt hatte sie mich. Ich war wütend.

»Selber Rotbäckchen!«, brüllte ich und merkte, wie meine Wangen anfingen zu glühen. Flo bog sich vor Lachen. Ich schäumte.

»Stopp mal«, rief ich, schluckte und sagte dann ruhig: »Mal kurz eine Frage. Spielen wir eigentlich noch oder streiten wir?«

»Natürlich spielen wir!«, sagte Flo, riss den Karton mit dem Memory-Spiel aus meinem Regal, öffnete ihn und drehte ihn um. Die Kärtchen fielen auf den Teppich und Flo ging auf die Knie. Mit beiden Händen wischte sie wild durch die Karten, die durchs Zimmer flogen und unter den Tisch und das Bett. Sie war wie von Sinnen. Ich stürzte mich auf sie, krallte mich an ihren Armen fest.

»Rotbäckchen«, zischte sie in mein Ohr.

Fast hätte ich ihr eine gescheuert, wäre in diesem Moment nicht die Tür aufgegangen und hätte Mama nicht ihren Kopf ins Zimmer gesteckt.

»Alles klar bei euch?« Sie guckte uns verwundert an.

»Wir spielen Schwestern«, sagte Flo, als wäre nichts gewesen.

»Wollen die zwei Schwestern vielleicht ein Eis?«, fragte Mama.

Wir wollten.

Die ganze Zeit, während wir unser Eis in der Küche löffelten, dachte ich darüber nach, was geschehen war. Ich war mir sicher, dass wir in echt gestritten hatten, auch wenn Flo das Gegenteil behauptete. Ich war heilfroh, als sie nach Hause ging.

»Wann kommt deine Schwester?«, fragte Flo an der Tür.

»Übermorgen«, sagte ich.

Schlagsahne

Kim kam an einem Samstag um drei Uhr nachmittags. Es war ein schöner Spätsommertag. Die Sonne schien und es war warm. Natürlich ging es nicht ohne Tamtam und ohne Putzerei, es ging nicht ohne Tischdecke und Kerze und Kuchen. Und es gab Schlagsahne statt Sprühsahne. Schon lange vor dem Frühstück klapperte Mama in der Küche herum, weil sie unbedingt selbst backen wollte, was sie sonst selten tat. Papa wollte helfen, nicht unbedingt beim Kuchenbacken, aber er wollte irgendetwas tun, Mama einfach zur Hand gehen, sie entlasten. Aber was er auch tat, er kam ihr dauernd in die Quere. Im Gegensatz zu Papa hatte ich es sofort begriffen: Mama wollte an diesem Tag alles selbst erledigen. Ich ließ sie machen und zog mich in mein Zimmer zurück. Papa aber musste erst dreimal ordentlich von ihr angepfiffen werden, bis er kapierte, dass seine Hilfe an diesem Tag nicht erwünscht war.

In ihrer Firma organisiert Mama Veranstaltungen. Da ist sie top! Sie weiß genau, was man nacheinander tun muss, damit Veranstaltungen mit allem Drum und Dran, sogar mit echten Musikern und Feuerwerk, gelingen. Ich glaube, sie hat das sogar studiert.

Ich fand es komisch, dass sie dieses Mal aufgeregt war und dass sie nicht wie sonst Aufgaben an uns verteilte. Die Aufregung stand ihr im Gesicht geschrieben. Es glänzte. So hatte ich sie noch nie erlebt, nicht mal wenn wir hundert Gäste erwarteten. Gut, vielleicht nicht hundert, aber fünfzehn. Mit uns dreien und Oma macht das neunzehn. Und mit neunzehn Leuten ist unsere Bude rappelvoll. Wenn sich dann bei gutem Wetter die halbe Mannschaft noch dazu auf unserem kleinen Balkon drängelt, hat Papa immer Angst, dass er nicht hält und wir hinunter in den Hof sausen.

Papa ist Statiker. Er ist dafür verantwortlich, dass Häuser, die gebaut werden, nicht zusammenkrachen. Er rechnet alles aus und es funktioniert. Soweit ich weiß, stehen alle Häuser noch, die Papa mitgeplant hat.

Durch meine geschlossene Tür hörte ich jetzt, wie Mama in der Küche die Sahne schlug. Ich lag auf dem Bett und versuchte zu lesen. Es fiel mir schwer, mich zu konzentrieren, nicht wegen des lauten Mixers, sondern weil ich aufgeregt war. Klar war ich aufgeregt. Ich hatte am meisten von uns Grund dazu. Schließlich bekam ich eine Schwester!

Plötzlich ging die Tür auf und Papa stand im Zimmer, merkwürdig verloren stand er im Raum, sah sich erst nur stumm um und dann mich an. Und ich hatte keinen Schimmer, was er von mir wollte.

»Ja?«, sagte ich.

»Kims Mutter heißt übrigens Anne«, begann er. »Man schreibt es Anne, mit ›e‹, sagt aber nur Ann, also ohne ›e‹, weil sie Französin ist und man im Französischen das ›e‹ am Ende zwar schreibt, aber nicht spricht.«

»Weiß ich doch«, sagte ich. Er hatte es mir an diesem Morgen beim Frühstück erklärt. Hatte er das etwa schon vergessen?

»Und wegen Anne ist Kim Halbfranzösin«, sprach Papa dann weiter.

»Und Halbschwester ist sie auch«, sagte ich. »Auch wegen Anne.« Ich klappte mein Buch zu und setzte mich auf. Und – schwups – saß Papa neben mir, zog seine Brieftasche aus der hinteren Hosentasche, griff hinein und hielt mir ein Foto von einem sehr kleinen Mädchen vors Gesicht. Ich war es nicht. Ich schluckte.

»So sah sie mal aus«, sagte Papa und lachte kurz auf. Und dann fing er an zu erzählen, von früher, von Kim als Baby. Papa erzählte von einer Zeit, die ich mir nicht vorstellen kann, als nämlich Papa meine Mama noch gar nicht kannte und an mich sowieso noch niemand dachte. Ich hörte Papa gar nicht richtig zu.

Diese alten Geschichten interessierten mich nicht. Mich interessierte viel mehr, wie Kim jetzt aussah, wie jetzt ihre Stimme klang und was sie gleich als Erstes zu mir sagen würde. Und was mich gerade auch noch interessierte, viel mehr als alles andere in diesem Moment, war, ob Papa wohl auch ein Foto von mir in seiner Brieftasche trug. Ich fragte ihn nicht, sondern nahm sie ihm einfach aus der Hand und zog alles, was darin war, heraus. Führerschein, Personalausweis, allerhand Zettel. Und Fotos. Ja, Fotos. Fotos von mir und von Mama. Viele Fotos. Kleine Franka, große Franka. Auf den meisten sah ich dämlich aus. Aber das war jetzt überhaupt nicht wichtig.

Sis

Kurz vor Kims Ankunft verschwand ich noch mal schnell im Bad, weil ich mich kurzfristig für eine andere Frisur entschieden hatte. Ich wollte Kim lieber doch nicht mit offenem Haar, sondern mit Pferdeschwanz begrüßen. Vor dem Spiegel bürstete ich mein Haar, bürstete es ganz glatt und glänzend über meine Schultern, bürstete es stramm aus dem Gesicht und band den perfekten Pferdeschwanz. Ich konnte das mittlerweile richtig gut. Ich betrachtete mich. Irgendetwas stimmte nicht. Irgendetwas gefiel mir nicht. Ich bohrte meinen Blick in den Spiegel. Wie sah ich bloß aus? Wie eine Hängekleidchen-Trägerin oder eine Punkt-acht-Uhr-Einschlaferin oder eine Mama-Hinterherheulerin. So sah ich aus. Viel zu brav, viel zu lieb.

Mit einem Ruck zog ich das Haargummi aus dem Zopf. Ich zauste und wuschelte mit beiden Händen so lange durch mein Haar, bis es wie eine Wolke um mein Gesicht herumstand. Dann lehnte ich mich nach vorne weit über das Waschbecken, kniff die Augen zu Schlitzen zusammen, fletschte die Zähne und knurrte mein Spiegelbild an. Schon besser. Ich stellte mich wieder aufrecht hin, ordnete mein Haar nur mit den Fingern, nahm es locker im Nacken zusammen und zog an den Seiten zwei Strähnen heraus. Na bitte. Es ging doch.

Da klingelte es. Ich schoss aus dem Bad und aus der Wohnung, hinaus in den Hausflur, drängelte mich vorbei an Mama und

Papa, die wie ein Empfangskomitee auf der Fußmatte standen. Wie immer, wenn Besuch kam, beugte ich mich übers Geländer. Klack-klack-klack-klack. Anne und Kim waren ganz schön schnell. Ich sah von oben auf ihre Köpfe. Mann, war ich aufgeregt. Es würde schon alles gut gehen. Da nahm mich Mama am Arm und zog mich zwischen sich und Papa.

»Du meine Güte, Franka«, zischte sie. »Was ist denn mit dir passiert?«

Ich schaffte es gerade noch, Mamas Hand aus meiner Frisur zu schieben, da hatten Kim und Anne auch schon die letzte Stufe erreicht und kamen auf uns zu. Ich verschlang Kim mit meinen Blicken. Sahen wir uns ähnlich? Nein. Kim hatte kurze dunkelbraune Haare, ich lange hellbraune. Kim war klein für ihr Alter, ich eher groß. Sie hatte braune Augen und ich blaue. Kim trug zwei Shirts übereinander. Jeans. Kurze Lederstiefel mit Fransen, ohne Reißverschluss. Hätte ich auch angezogen. Die Lederjacke eher nicht. Ich war so froh, dass keine Tussi vor mir stand. Das war das Wichtigste. Ich jubelte innerlich.

Bevor ich Anne ansehen konnte, hielt mich die schon an den Schultern und zog mich zu sich heran. ›Hilfe!‹, dachte ich nur. Küsschen rechts, Küsschen links. Und noch mal das Ganze. Rechts, links! Ich lachte verlegen. In Frankreich sind sie so verrückt, da küssen sie sich angeblich immer, egal wie gut man sich kennt. Aber das wusste ich da noch nicht. Und hier, in unserem Hausflur, war es total komisch. Schmatz, schmatz. Luftküsse. Auch Mama und Papa bekamen welche ab. Anne sprach mit spitzem Mund und mit Akzent.

Mama reichte Kim beide Hände und sagte sehr herzlich: »Willkommen bei uns, Kim. Wir freuen uns, dass du da bist.« Es klang ein wenig wie auswendig gelernt, aber das merkten sicher nur Papa und ich. Papa reichte Kim erst die Hand und dann drückte er sie kurz. »Hallo, Papa«, murmelte Kim in seine Schulter. Ich zuckte ein wenig zusammen. Papa. Klar, Papa. Was hätte sie auch sonst sagen sollen? Trotzdem war es ungewohnt.

»Hey, Sis«, sagte da Kim, lächelte und gab mir die Hand. Sis? Ich wunderte mich. »Sis« kommt von »sister«. Woher hätte ich das damals wissen sollen? Ich kannte nur »sister«, das ist Englisch und bedeutet »Schwester«. Ich hatte keine Ahnung, dass »Sis« mit »sister« irgendwie zusammenhing. Darum sagte ich: »Ich heiße nicht Sis, sondern Franka.«

Papa klopfte mir auf die Schulter. Alle lachten, und ich hatte keine Ahnung, warum, und Mama bekam noch Blumen überreicht und ich Schokolade. Meinetwegen hätte Anne gar nicht erst mit hinaufkommen müssen. Von mir aus hätte Kim ganz allein hereinspazieren können, in unsere Wohnung, in unser Leben. Wir hätten zusammen schnell ausgepackt und danach direkt losgeschwestert. Aber so lief es natürlich nicht. Natürlich lud Anne Kim nicht mal eben nur unten an der Haustür ab. Natürlich musste sie gucken, zu was für Leuten sie zog. Schließlich kannte sie von uns dreien nur Papa richtig gut. Besser gesagt von uns vieren, denn Oma schneite auch noch herein.

»Zur Verstärkung. Nicht wahr, mein Kind?«, sagte Oma in der Küche und hakte sich verschwörerisch bei Mama ein. Sie hatte sich übertrieben zurechtgemacht mit Kleid und Perlenkette und hellgrünem Lidschatten.

»Schscht«, zischte Mama und machte sich los.

Papa hatte inzwischen Kims Sachen aus dem Auto geholt. Eine Reisetasche und eine Umzugskiste. Ein Umzug sieht eigentlich anders aus, aber mehr hatte Kim tatsächlich nicht dabei. Hätten wir das gewusst! Dann hätte sie mein Zimmer haben können und ich ihr großes. Mama wollte es noch unbedingt vor dem Kaffeetrinken allen vorführen.

Oma drängelte als Erste ins Zimmer und tönte begeistert, wie schön Mama doch alles eingerichtet habe. Da waren fünf Ausrufezeichen in ihrer Stimme. Kim sah sich kurz um, öffnete nicht mal den neuen Schrank, sagte nur: »Danke. Sehr schön«, und warf ihre Reisetasche aufs Bett. Da entdeckte sie die drei Schokolinsen, die ich zur Begrüßung auf ihr Kissen gelegt hatte.

Sie rief: »Oh, Schokolinsen!«, und steckte sie alle auf einmal in den Mund, nuschelte: »Ich liebe Schokolinsen!«

»Ich auch«, sagte ich.

Das fand ich schon mal gut, dass wir beide Schokolinsen mochten. Diese drei Schokolinsen waren doch ein guter Anfang. Wir lächelten uns an, und ich merkte, wie ich rot wurde.

Papa stellte die Kiste neben den Schreibtisch, und Anne strich strahlend über die geblümte Bettwäsche, die Mama kurz zuvor noch in aller Eile gebügelt hatte. Sie drückte Mama ganz schnell und fest. Ich sah, dass Mama erschrak. Sie stand stocksteif da und versuchte ein Lächeln. So dicht an Mama dran wirkte Anne wie eine halbe Portion. Dabei ist Mama überhaupt nicht dick, aber eben nicht so klein und zart wie Anne. Ich fragte mich, ob wohl viele Frauen in Frankreich so aussehen wie sie. Dauernd klimperte etwas an ihr. Dünne Armreifen, dünne Ohrringe. Und ganz bestimmt machten auch ihre Wimpern ein Geräusch beim Auf- und Zumachen, so lang und gebogen, wie die waren. Sicher war es ein sehr leises Geräusch, das man nur hörte, wenn sonst nichts an ihr klimperte. Die Haare trug sie glatt bis knapp über die Ohren, alle auf einer Länge, als hätte jemand ein Lineal darangehalten und sie dann abgeschnitten. Vorne liefen sie in Spitzen aus, die leicht nach oben gebogen waren und schaukelten, wenn Anne ihren Kopf bewegte. Kim sah ihrer Mutter ein klein wenig ähnlich. Aber eigentlich nur um die Augen herum. Anne war bestimmt älter als Mama, auch das sah man um die Augen herum. Vom Alter passte Anne besser zu Papa als Mama. Aber nur vom Alter, sonst nicht. Natürlich nicht.

Kim aß zwei Stücke Apfelkuchen ohne Sahne, sie trank zwei Tassen Kaffee mit viel Milch und ein großes Glas Wasser. Sie hielt die Kaffeetasse nicht am Griff, sondern umfasste sie mit der ganzen Hand. Und mit ihrem rechten Zeigefinger, den sie kurz abgeleckt hatte, tupfte sie die restlichen Kuchenkrümel vom Teller. Keine Sekunde ließ ich sie aus den Augen. Manchmal strich sie sich die Haare hinter die Ohren, obwohl es da eigentlich gar nichts zum Streichen gab. Für meinen damaligen Geschmack war Kims Frisur viel zu kurz, aber ich musste zugeben, sie stand ihr. Soweit ich sehen konnte, hatte Kim keine Pickel. Ich überlegte, ob sie geschminkt war. Vielleicht Wimperntusche, aber mehr nicht. Ich war mir nicht sicher, ob ich Kim hübsch fand. Aber sie war schön. Das war sie auf jeden Fall. Meine Schwester war normal schön. Ich mochte sie sofort.

Ich glaube, Oma ging es ähnlich. Vielleicht war sie aber auch nur wie immer neugierig. Jedenfalls nahm sie Kim total in Beschlag. Nicht mal Papa hatte eine Chance. Obwohl er neben Kim saß, gelang es ihm nicht, mit ihr ein Gespräch anzufangen. Sobald er es versuchte, ging Oma dazwischen. Schließlich gab er auf und warf mir einen genervten Blick zu. Ich nickte verständnisvoll. Keine Ahnung, ob Mama es mitbekam. Sie war ziemlich beschäftigt, unterhielt sich mit Anne, reichte den Kuchen herum und kochte zwischendurch frischen Kaffee. Ich versuchte gar nicht erst, mit Kim zu reden. Ich sparte mir das auf für später. Mir saßen viel zu viele Leute mit am Tisch. Und mir war warm und ich hatte zu viel Kuchen gegessen und überhaupt ging mir dieses stundenlange Herumsitzen furchtbar auf die Nerven. Und so war ich sehr erleichtert und auch erschöpft, als das Ganze endlich beendet war.

Anne musste los. Ihr Flieger ging noch am selben Abend. Sie hatte ein Jobangebot in Paris angenommen, irgendwas mit Mode. Angeblich wollte Kim nicht mit, weil sie nicht noch mal umziehen wollte. Sie und Anne hatten schon in vielen Städten gewohnt und erst seit Kurzem lebten sie in unserer Stadt.

Nun also bekamen wir Kim. Und Kim bekam uns. Wir standen alle auf und begleiteten Anne in den Flur. Im Hausflur ging die Küsserei schon wieder los mit Französisch zwischendrin. Und dann weinte Anne auch ein bisschen. Kim zum Glück nicht. Ich war froh, dass Anne endlich abdampfte. Jetzt konnte es losgehen mit Kim und mir. Auf halber Treppe drehte Anne sich noch mal um, riss die Arme hoch und winkte wild. Die dünnen bunten Reifen an ihrem Arm klimperten. Und sie rief: »Lass Haare wehn!« Sie wischte die Tränen weg, lachte aus vollem Hals und klackerte mit kleinen, schnellen Schritten die Treppe hinunter.

Lass Haare wehn? Oma vermutete gleich, dass Anne es direkt aus dem Französischen übersetzt hatte. »Das ist doch wie bei den Engländern«, sagte sie. »Die lassen Katzen und Hunde regnen, wenn es schüttet, und hier versteht es kein Mensch.«

Aber wie sich herausstellte, war das Quatsch. Ich fragte nämlich Kim. Und Kim sagte, Anne habe gar nichts übersetzt, sie habe den Spruch einfach nur von ihr. Kim meinte, der Spruch sei aber mittlerweile megaout. Ich fand ihn klasse. Oma fragte Kim noch nach ein paar französischen Redewendungen, aber Kim fielen auf die Schnelle kaum welche ein. So war diese Unterhaltung abrupt beendet und Oma ging nach Hause. Als ich ins Wohnzimmer kam, stand Papa am offenen Fenster, blickte in die Ferne und atmete tief ein und aus.

Später rief Flo kurz an, weil sie unbedingt hören wollte, wie es mit Kim so lief.

»Sie ist keine Tussi«, sagte ich halblaut ins Telefon, lief in mein Zimmer und erzählte erst mal von »Lass Haare wehn«. Flo hatte den Spruch auch noch nie gehört, aber sie fand ihn klasse.

»Wart mal«, sagte sie und sprach kurz mit Chris.

»Lass Haare wehn?«, hörte ich seine Stimme. »Kenn ich nicht.«

Flo und ich beschlossen, dass der Spruch ab jetzt unserer war.

Chopsuey

An Kims erstem Abend bei uns kochte Mama Chopsuey. Keine Ahnung, wie man es richtig ausspricht. Vielleicht so: »Tschopsui«. Oder: »Tschopseu«. Jedenfalls ist Chopsuey klein geschnippeltes Gemüse, im Wok gebraten, mit Soße und gekochtem Reis. Isst Oma immer mit Peking-Suppe vorweg bei unserem chinesischen Schnellimbiss im Einkaufszentrum. Man kann es auch mit Fleisch haben, dann schmeckt es fast genauso, heißt nur anders.

Keine Ahnung, wie Mama ausgerechnet auf Chopsuey kam.

Sie legte sich mächtig ins Zeug, machte richtig viel Wind deswegen. Das Originalrezept hatte sie im Internet gefunden und einen Tag vor Kims Einzug war sie mit mir zu einem Asia-Supermarkt ans andere Ende der Stadt gefahren. Sie hatte sich zweimal verfahren und dann hatten wir auch noch im Stau gestanden.

Aber es mussten eben unbedingt die Originalzutaten und ein Originalwok sein. Wenigstens hatte sich die Fahrt gelohnt. Mindestens hundert verschiedene Sojasoßen gab es in dem Laden!

Mama hatte lange vor dem Regal gestanden. Schließlich hatte sie sich für eine Sojasoße aus Thailand entschieden. Und ich durfte mir ein paar bunte Stäbchen aussuchen.

Als Anne und auch Oma am Tag von Kims Einzug nach dem Kuchenessen wieder weg waren, fing Mama mit dem Gemüseschnippeln an. Ich hatte nichts zu tun und langweilte mich. Papa saß auf der Küchenbank und las Zeitung und Kim war in ihrem Zimmer verschwunden. Als Mama mich fragte, ob ich ihr helfen wolle, kam mir das gerade recht. Mama zeigte mir, was ich machen sollte. Sie schälte eine Karotte mit dem Sparschäler.

»Guck, so.« Dann teilte sie die Karotte quer in drei Stücke. Diese drei Stücke wiederum halbierte sie längs. »Klar?«

Ich nickte. War nicht schwer so weit. Aber was dann kam, war ein Rätsel. Mama machte aus den Karottendrittelhälften lange dünne Stifte, die aussahen wie Streichhölzer. Beim nächsten Stück guckte ich genau, wie sie es machte, sah alles und kapierte es nicht. Ich konnte mich nicht erinnern, beim Chinesen jemals solche Karottenstreichhölzer gesehen zu haben. Ich sagte nichts und probierte es einfach.

»So doch nicht«, sagte Mama. »Guck mal, so!«

Sie nahm meine missratenen Stücke – schnippel, schnippel – und schon lag da wieder ein kleiner Haufen perfekter Karottenstifte. Ich verstand nicht, was plötzlich los war mit Mama. Sie war doch sonst nicht so. Nicht so angespannt. Nicht so pingelig. Schon gar nicht beim Kochen. Normalerweise kamen unsere Karotten aus der Tiefkühlpackung. Mir war das jetzt alles zu kompliziert. Ich maulte.

»Dann eben nicht«, sagte Mama und nahm mir das Messer aus der Hand.

Und so stand ich herum. Erst in der Küche und dann im Flur. Vor Kims Tür. Die Tür war geschlossen. Ohne was zu sagen, hatte Kim vorhin einfach die Tür hinter sich zugemacht, die ab jetzt ihre war.

»Frag sie doch, ob du ihr beim Auspacken helfen kannst«, schlug Mama vor, als sie mich vor Kims Tür entdeckte.

»Psst«, machte ich.

Da klopfte Mama energisch an Kims Tür. Vielen Dank auch! Kurz darauf öffnete Kim die Tür und steckte ihren Kopf heraus. Sie guckte fragend von einer zur anderen. Ich spürte Mamas Hand in meinem Rücken, aber ich brachte nichts heraus. Ich versank fast.

»Franka wollte fragen ...«, begann Mama.

»Gar nichts wollte ich!«, schrie ich, rannte in mein Zimmer und knallte die Tür hinter mir zu.

Als ich wieder herauskam, sah ich niemanden. Hinter der geschlossenen Küchentür hörte ich Mama und Papa leise reden. Was war auf einmal los bei uns? Mama wollte es doch sonst immer offen und luftig haben. Ich drückte mein Ohr gegen die Tür. Mama sagte was von wegen »erst mal ankommen«. Mehr verstand ich leider nicht. Wieder stand ich herum und wusste bis zum Abendessen nicht, was ich mit mir anfangen sollte.

Das Chopsuey war der Knaller. Viel besser als beim Chinesen! Aber Kim aß nicht mit uns. Sie ging noch mal weg, weil Samstag war. Damit hatte keiner von uns gerechnet. Ich war enttäuscht. Mama aber offensichtlich nicht, obwohl sie die ganze Schnippelei gehabt hatte. Zumindest ließ sie es sich nicht anmerken. Sie freute sich, dass ihr das Essen so gut gelungen war und es Papa und mir schmeckte. Ich durfte länger aufbleiben, weil Samstag war. Wenigstens das.

Als sie mich spät ins Bett schickten, machte ich auf dem Weg zum Bad noch einen kurzen Abstecher in Kims Zimmer. Ich fasste nichts an. Ehrlich! Da noch nicht. Ich guckte mir nur Kims

Reisetasche an, die immer noch auf dem Bett lag. Es war ein graues Riesending aus grobem Stoff, fleckig und abgewetzt. Der Reißverschluss war geöffnet und Kims Sachen quollen heraus. Ich beugte mich darüber und schnupperte. Es roch nach fremdem Waschmittel und Keksen. Ich fand, die Tasche passte nicht zu einem Mädchen, eher zu einem unrasierten Mann mit Schlapphut. Es war die Sorte von Tasche, die man sich über die Schulter warf und einfach loszog, eine staubige Straße hinunter zum Beispiel, hinein in den Sonnenuntergang. Hatte ich mal so ähnlich in einem Film gesehen. Ich guckte mir die Riemen der Tasche etwas genauer an. Da waren noch Nieten und Ösen. Diese Tasche ließ sich sicher gut auf einem Eselsrücken festbinden oder zwischen den Höckern eines Kamels. Von Papa wusste ich, dass Kim mit Anne schon ziemlich weit herumgekommen war. Diese Tasche war garantiert immer dabei gewesen. Bestimmt steckte in ihren Ecken und Nähten noch der Wüstensand.

Meeresalgen

Nach dem kurzen Abstecher in Kims Zimmer ging ich ins Bad. Ich hätte schwören können, dass ihr rotes Badschränkchen noch halb leer war. Kim ist eher der natürliche Typ. Das hatte ich gleich erkannt. Ich überlegte schon, ob sie vielleicht eine Etage an mich abtreten würde. Ich öffnete das Schränkchen. Es war bis oben hin gefüllt! Ich wollte es nicht glauben. Kim sah doch wirklich nicht so aus, als brauche sie viel. Nagellack besaß sie allerdings nicht. Nagellackpartys würden bei uns also schon mal nicht stattfinden. Schade. Ich schloss die Badezimmertür ab und sah mir die Sachen in Ruhe an. Ich drehte Lippenstifte raus und rein – zarte Farben –, ich öffnete Tuben und Döschen, schnupperte, tunkte meine Finger in Cremes, die süß und fruchtig rochen, und verrieb sie auf meinen Armen. Bei einer wusste ich nicht, ob es sich um eine Hautcreme oder eine Haarcreme handelte. Das Döschen war flach und aus gelbem Glas und vollgeschrieben in fremder Sprache. Französisch vielleicht? Englisch war es definitiv nicht, das hätte ich erkannt. Die Creme war helltürkis und zog sich zwischen den Fingern wie frisch gekauter Kaugummi. Und sie roch auch so. Ich wischte meine Finger an einem Stück Klopapier ab und stellte das Döschen zurück in den Schrank.

Sehr interessant fand ich eine große, durchsichtige Tube mit rosafarbenem Glibbergel, in dem winzige blaue Körner schwammen. Die Körner rubbelten alte Hautschuppen aus dem Gesicht, stand auf der Verpackung. Was denn für Schuppen? Wir sind doch keine Fische. Und dann las ich auf einer anderen Verpackung: »Feuchtigkeitscreme mit Meeresalge«. Meeresalge! Ich war mal im Urlaub aus Versehen in einen Algenteppich geraten. Mit beiden Füßen stand ich darin. Die Algen fühlten sich an wie aus Gummi, und ich dachte, etwas würde mit langen, kalten Fingern nach mir greifen. Brrrr. Plötzlich kam mir der Gedanke, ob Algen überhaupt Pflanzen waren? Im Meer schwamm und kroch so allerhand herum, was nicht nach Tier aussah, aber doch eins war. Mich gruselte. Ich wollte mir nicht vorstellen, dass Kim sich klein geschnippelte Tiere ins Gesicht schmierte. Ich öffnete die Tube und drückte eine winzige Menge auf ein Stück Klopapier. Die Creme war schneeweiß und roch nach nichts.

Piratin

In ihrer ersten Nacht bei uns kam Kim sehr spät nach Hause. Ich wurde wach, weil die Klospülung nicht aufhörte zu rauschen. Das passiert schon mal, wenn der Drücker klemmt. Ich hörte, wie jemand ein paarmal dagegenschlug. Die Spülung kriegte sich wieder ein, dann war es still. Nur der Regen schlug gegen das Fenster. Eine ganze Zeit lang lauschte ich in die Dunkelheit. Dann setzte ich mich auf und stieg aus dem Bett. In der Küche war noch Licht.

Kim hockte im Schneidersitz und mit einer Zigarette zwischen den Fingern auf der Küchenbank. Ihre Fransenstiefel lagen hingeworfen unterm Tisch. Ein Glas Wasser stand vor ihr. Sie zuckte zusammen, als sie mich sah.

»Hey, Sis«, wisperte sie. »Um diese Zeit?«

Ihre Stimme klang zart und auch rau. Ich stand in der Tür und starrte sie an. Ich konnte nicht anders, als sie anzustarren, denn Kim sah umwerfend aus. Sie trug Ohrringe. Sehr dünne Goldreifen waren das, groß wie Armreifen. Ihre Haare und die Lederjacke, die sie noch anhatte, waren nass vom Regen. Der Qualm ihrer Zigarette umhüllte ihr Gesicht. Ihre Augen waren groß wie immer, aber noch viel dunkler als sonst. Kim sah abenteuerlich aus. Und geheimnisvoll. Als sei sie in unserer Küche nur zufällig gestrandet, als habe eine haushohe Welle sie zu uns in den dritten Stock gespült.

›Oh Mann‹, dachte ich. ›Die sieht nicht nur aus wie eine Piratin. Die ist eine!‹ Ich sah die Gischt hinter ihr spritzen und hörte das Heulen und Pfeifen der Meeresgeister in der Nacht.

»Na?«, sagte sie, fuhr sich durch die Haare und nickte mir aufmunternd zu.

Ich machte ein paar Schritte in die Küche. Kim drückte die Zigarette auf einem kleinen Teller aus. Sie riss das Fenster auf und wedelte mit beiden Händen den Qualm hinaus. Und ich stand mit nackten Füßen auf den Fliesen, und draußen war diese nasse, kühle Nacht, die nun durchs offene Fenster in die Küche wehte.

»Hallo«, sagte ich. Mehr bekam ich nicht heraus. Plötzlich war ich aufgeregt. Kim war die erste Piratin, der ich begegnete.

»Willst auch noch was?«, fragte Kim und hob ihr Glas.

Ich nickte, obwohl ich eigentlich keinen Durst hatte. Kim schloss das Fenster wieder und ließ etwas Leitungswasser in ein Glas laufen. Ich setzte mich auf einen Stuhl, zog die Beine vor die Brust und mein Nachthemd über die Knie. Kim stellte das Wasserglas vor mir ab. Eine Weile saßen wir uns schweigend gegenüber und ich trank das eiskalte Wasser in großen Schlucken. Jetzt war mir nicht nur an den Füßen kalt, sondern auch im Bauch. Und Kim kam mir auf einmal so groß vor, groß und erwachsen, und ich war so klein. Ich fing an zu schlottern. Kim nahm die dicke Wolldecke, die immer bei uns auf der Küchenbank liegt, und packte mich darin ein. Mir gefiel das, die Decke eng um mich herum, und es war egal, dass sie kratzte. Schnell wurde mir warm und da brachte ich endlich auch den Mund auf.

»Wo warst du?«, fragte ich.

Kim stützte ihr Kinn in eine Hand und sagte: »Hier und da.« Sie lächelte selig.

»Wo genau?«, fragte ich.
»So überall.«
Was sollte das denn heißen? Meinte sie damit geheime Orte? Ich nippte an meinem Glas.
»Warst du allein unterwegs?«
»Neee.« Kim lachte leise. »Mit Leuten.«
»Was denn für Leuten?«
»Freunden!«
»Ach so.«
»Und mit Mik.« Ihr Gesicht wurde ganz hell.
»Mik?«
»Mein Freund.«
»Dein Freund?«
Kim spitzte ihre Lippen und schloss genießerisch die Augen. Schon klar, mit Küssen und so. Sie öffnete nur ein Auge wieder und guckte mich spitzbübisch an.
»Und du?«, fragte sie.
»Was ich?«
»Bist du auch verliebt?«
»Ich? Öhhh ... nein!« Ich musste an Lukas aus meiner Klasse denken. Eine Zeit lang hatte ich immer kichern müssen, wenn er was sagte. Im Unterricht und auch dann, wenn es gar nicht lustig war. Ich konnte nichts dagegen tun. Aber ich war definitiv nicht verliebt. Es war nur komisch. Zum Glück ging es schnell vorbei und alles war wieder normal. Ich fand Lukas genauso doof wie vorher und wie die meisten anderen Jungs.
Kim guckte mich immer noch schmunzelnd an.
»Nein!«, sagte ich noch einmal. »Bin doch erst in der Fünften.«
»Wäre doch nicht schlimm. In deinem Alter war ich längst verliebt.«
»Echt?«

»Klar! Aber er war mehr verliebt in mich als ich in ihn. Nico. Immer wenn jemand in der Klasse Geburtstag hatte und was Süßes mitbrachte, schenkte er mir seinen Teil.«

»Und dann?«

»Ich hab's halt gegessen.«

»Und weiter?«

»Nichts weiter. War doch nichts Ernstes.«

»Ach so. Aber mit Mik ist es ernst?«

Kim atmete einmal tief durch. »Glaub schon«, sagte sie leise.

»Seit wann? Ich meine, seit wann seid ihr zusammen?«, fragte ich.

Kim brauchte überhaupt nicht nachzudenken. »Seit exakt drei Monaten, zwei Tagen … und …« Sie sah auf die Uhr. »Und drei Stunden.«

Darauf fiel mir nichts mehr ein.

Wir wechselten das Thema und sprachen über Kieselsteine. Ja wirklich, über Kieselsteine! Keine Ahnung, wie wir ausgerechnet darauf kamen. Ich liebe Kieselsteine! Wenn sie nass sind, mag ich die dunklen am liebsten. Sie glänzen schön und sehen aus wie Edelsteine. Und wenn sie warm sind von der Sonne, mag ich sie alle. Ich halte sie gerne in der Hand. Warm und schwer. Das fühlt sich gut an. Beruhigend irgendwie. Die schönsten nehme ich mit nach Hause und lege sie in eine Kiste.

Ich erzählte Kim von Oma, die sich mal drei dicke Kiesel, groß wie Männerfäuste, aus einem Fluss geholt hatte. Stundenlang hatte sie die Steine mit Spüli im heißen Wasser geschrubbt. Seitdem sind das ihre Brötchenwärmer. Sie schiebt sie in den heißen Ofen, und wenn sie ganz voll sind mit Wärme, legt sie die Kiesel mit den warmen Brötchen in einen Stoffbeutel.

Kim gefiel das. Und dann kramte sie in ihrer Hosentasche und legte einen dunkelbraunen, fast schwarzen Stein auf den Tisch.

Er war ganz platt, richtig dünn, man konnte ihn sicher einfach zerbrechen. Ich nahm ihn in die Hand, er war unfassbar leicht. Bestimmt hatte er Millionen Jahre zwischen anderen Steinen gelegen, bis er so platt geschliffen war.

»Kannst ihn behalten«, sagte Kim.

»Danke!«

Ich sah Kim in einer kleinen, steinigen Bucht stehen, ihre Fransenstiefel in der Hand, vor ihr das tosende Meer und hinter ihr meterhohe Klippen. Plötzlich entdeckt sie den platten, schwarzen Kiesel vor ihren Füßen im Sand, sie hebt ihn auf und steckt ihn ein.

»Woher hast du den?«, fragte ich.

»Auf einem Spielplatz gefunden.«

»Spielplatz? Du?«

»Nachts auf einem Spielplatz im Park.« Sie formte ihre Hände zu zwei Röhren und hielt sie sich vor die Augen. »Uhuuu, uhuuu.«

Ich lachte. Ich fand es schön, dass wir beide Kieselsteine mochten. Kieselsteine und Schokolinsen. Zwei Sachen! Oh ja, es wurde immer besser. Und das schon am ersten Tag. Überhaupt war es herrlich in unserer Küche. Meine Füße unter der warmen Decke, die fast nicht mehr kratzte, und draußen die Nacht und der Regen. So gemütlich! Ich fand noch eine Tüte Schokolinsen, die wir halb leerten. Ich hätte die ganze Nacht hier sitzen können. Ich war überhaupt nicht müde. Irgendwann aber räumte Kim die Gläser weg und kippte den Zigarettenrest in den Müll.

»Schluss für heute.« Kim gähnte. »Morgen ist auch noch ein Tag.«

Jetzt klang sie wie Mama. Sie schob mich hinaus in den Flur. Aber ich hatte noch eine Frage.

»Wie alt ist Mik eigentlich?«

»Achtzehn. Gerade geworden.«

»Also erwachsen!«

»Ja, ja.«

Kim grinste. Ich wollte sie noch etwas fragen, aber da ging auf einmal die Schlafzimmertür auf und Papa schlurfte in den Flur. Er sah total verpennt aus und guckte mit kleinen Augen erst mich und dann Kim an. Mir kam es so vor, als müsse er bei Kim kurz überlegen, wen er da vor sich hatte. Als er Kim nach ein paar Sekunden erkannte, erschrak er ein wenig, murmelte etwas von »ziemlich spät«, fuhr sich durchs Haar und strich sein Schlafanzugoberteil glatt. Dann schlurfte er in Richtung Bad. Kim zwinkerte mir zu.

Als ich am nächsten Tag aufstand, war Kim schon unterwegs. Davongesegelt. Dabei war doch Sonntag. Ich war enttäuscht. Kim ließ sich den ganzen Tag nicht blicken.

BIS GESTERN

Mik

Am Tag nach Kims Einzug lernten wir Mik kurz kennen. Es war spätabends, nach zehn. Die Klingel weckte mich. Ich hatte schon geschlafen, trotzdem war ich als Erste im Flur. Als Erste nach Kim. Ich wusste sofort, dass der Typ, der dort stand, Mik war. Er musste es sein, denn er küsste Kim und sie küsste ihn. Sie hörten gar nicht wieder auf! Wahrscheinlich war das schon knutschen.

Kim hätte ihre Arme bestimmt zweimal um seinen Bauch schlingen können, denn Mik war dünn wie ein Brett. Und er war viel größer als Kim. Er stand merkwürdig abgeknickt vor ihr, richtig buckelig. Und Kim musste sich recken, um an seinen Mund heranzureichen. Bequem sah das nicht aus. In meiner Schule gibt's auch ein paar Knutscher. Aber die sehe ich immer nur von Weitem. Jetzt musste ich grinsen und ich dachte an Flo. So nah dran hatte selbst Flo bestimmt noch niemandem beim Knutschen zugeguckt. Soviel ich wusste, hatte Chris keine Freundin.

Plötzlich kratzte was in meinem Hals. Ich hätte es gern weggedrückt, aber es ging nicht. Ich räusperte mich. Aber Kim und Mik reagierten nicht, sie knutschten einfach weiter. Und da musste ich daran denken, wie Papa mir erklärt hatte, warum es für Kim besser war, nicht mit Anne nach Paris gegangen zu sein. Weil sie dann in ihrer Schule bleiben konnte und bei ihren Freunden. Blablabla.

Papa hatte keine Ahnung. Ich sah es jetzt. Papa lag völlig falsch. Kim war es nur um den *einen* Freund gegangen. Nur um diesen Typ. Um Mik. Er allein war der Grund dafür, dass sie hierblieb. Nichts und niemand sonst.

Ich überlegte, ob ich mich wieder verkrümeln sollte. So spannend war die Knutscherei nun auch wieder nicht. Und, ehrlich gesagt, fand ich es sogar ein bisschen eklig. Da hörte ich plötzlich Mama halblaut hinter mir sagen: »Wer um Himmels willen ist das?«

Ich fuhr herum. Sie und Papa waren im Schlafanzug. Geblümt und gestreift. Mir war es ein wenig peinlich.

»Mik«, zischte ich. »Das ist Mik.« Ich war stolz, dass ich es wusste.

»Und wer bitte ist Mik?«, wollte Papa wissen.

»Sieht man doch.«

»'n Abend«, sagte da Mik. Er hatte aufgehört, Kim zu küssen, warf seine Jacke auf unsere Taschen in der Garderobe, schlüpfte aus seinen Schuhen und kam mit verdrehten Socken auf uns zu. An einer Hand zog er Kim hinter sich her, die noch nicht im Schlafanzug war. Ein Pirat war Mik schon mal nicht, das sah ich sofort. Piraten tragen Ringe im Ohr und nicht in der Lippe, so wie Mik. Außerdem war er für einen Piraten viel zu dünn. Und viel zu blass. Sein Shirt war viel zu kurz, ich sah seinen Bauchnabel und einen Streifen schneeweißer Haut. Und dann diese Augen. Und diese Nase. Und was war das an seinem Kinn? Ein Bart? Ein Bärtchen. Piraten sehen anders aus. So hatte ich mir Mik nicht vorgestellt. Er gab jedem von uns brav die Hand.

»Freut mich, Sie kennenzulernen«, sagte er zu Mama und Papa. ›Schleimer‹, dachte ich. Nachdem Mik auch mir die Hand geschüttelt hatte, ziemlich lasch übrigens, schob Kim ihn in ihr Zimmer. Die Tür machte sie zu.

»Der ist doch auf jeden Fall über achtzehn«, sagte Mama. Sie war ganz aufgebracht.

»Nein«, sagte ich.

Papa und Mama starrten mich an.

»Nun sag schon.« Papa legte eine Hand auf meine Schulter.

»Er ist nicht über achtzehn, sondern genau achtzehn. Gerade geworden!«, sagte ich triumphierend.

Wir hörten durch die Tür Mik laut lachen. Es klang wie ein alter Knattermotor, bei dem es hakte. Papa schnaufte, und Mama wollte, dass Papa sofort ins Zimmer ging, aber dalli, und Mik nach Hause schickte.

»Wieso ich?«, fragte Papa.

Musik drang durch die Tür.

»Du gehst da jetzt rein ...«, fing Mama wieder an. Aber weiter kam sie nicht, weil sich Kims Tür öffnete und Mik und Kim schwatzend an uns vorbeispazierten, als wären wir gar nicht da. Sie gingen in die Küche. Von dort hörten wir es rascheln und klappern, und wir hörten den Kühlschrank, wie er geöffnet wurde. Kurz danach brummte die Mikrowelle. Es roch nach Chopsuey. Ich bekam Appetit.

»Los jetzt!« Mama stieß Papa an. »Sie ist deine Tochter!«

Aber Papa rührte sich nicht. Mama lehnte sich mit verschränkten Armen an die Wand. Sie war kurz davor, zu explodieren. Ich sah es an ihrem Kinn, das sie angestrengt in die Höhe reckte.

Wenig später verließen Kim und Mik die Küche. Mama hielt die Luft an und wuchs dabei um ein paar Zentimeter. Ihr Mund war ein Strich. Papa hatte ein merkwürdiges Lächeln aufgesetzt. Mik trug ein Tablett mit einem Teller dampfendem Chopsuey und zwei Gläsern an uns vorbei. Kim hatte eine Flasche Wasser in der einen Hand. Die andere Hand lag auf Miks Schulter. Seit Mik da war, klebte sie an ihm. Und wir klebten an Mik und Kim mit unseren Blicken, als zögen Zirkusleute mit Tschingderassabum an uns vorüber. Bevor die zwei in Kims Zimmer verschwanden, drehte sich Mik noch mal um.

»Ich liebe Chopsuey!«, rief er uns zu.

Er sprach es »Tschopsü« aus. Hatte ich so noch nie gehört. Klang bescheuert. Und dann drückte Mik die Tür mit einem Fuß hinter sich zu.

»Guten Appetit«, murmelte Papa.

»Das Kind muss ins Bett«, sagte Mama.

Sie meinte mich.

Halbe Geschichte

»Neuer Style?«, fragte mich Flo und zupfte an meinem Zopf. Ich trug ihn wieder so locker gebunden wie am Samstag.

»Sozusagen«, sagte ich.

»Steht dir gut. Ist nicht so brav.«

»Genau«, sagte ich.

Wir waren auf dem Weg zur Schule. Allen in meiner Klasse wollte ich gleich von Kim erzählen und freute mich schon. Die würden Augen machen! Aber leider kapierten sie es nicht, auch nicht Frau Finke, unsere Lehrerin. Und es ging total in die Hose. Wir sollten vom Wochenende erzählen und später darüber schreiben.

»Am Wochenende habe ich eine Schwester bekommen«, verkündete ich ein wenig atemlos, als ich an der Reihe war. Am liebsten hätte ich Kim dabeigehabt und herumgezeigt wie einen Hamster oder eine junge Katze. Ich bedauerte, dass Kim an ihrer alten Schule geblieben war und nicht zu meiner gewechselt hatte. Wir hätten einen gemeinsamen Schulweg haben können, aber offensichtlich war ihr das nicht wichtig. Ich hatte Mama darauf angesprochen. Sie meinte, noch eine Veränderung könne man nicht von Kim verlangen. Na gut. Ich hatte den Satz gerade ausgesprochen, da geriet Frau Finke gleich völlig aus dem Häuschen.

»Ein Schwesterchen, das ist ja toll!« Sie sprang auf und schüttelte mir die Hand. »Herzlichen Glückwunsch! Wie heißt es denn?«

»Es ist kein Schwester*chen*«, sagte ich und grinste hinüber zu Flo. »Meine Schwester ist fünfzehn. Bald wird sie sechzehn. Und sie heißt Kim.« Jetzt war es raus. Ich musste erst mal nach Luft schnappen, weil ich fast platzte vor Stolz und Freude.

»Ohh!«, rief Frau Finke total überdreht. »Ohh! Das ist ja schön!« Natürlich fand sie es überhaupt nicht schön. Ich sah es ihr an. Ihr Lächeln verrutschte, sie riss die Augen auf und ihre Augenbrauen verschwanden unter ihrem dicken Pony. Ich wollte schnell alles erklären. Alles mit Anne und Papa und Papa und Mama. Ich redete ohne Punkt und Komma und dabei ging mir noch ganz viel anderes durch den Kopf. Und da fing plötzlich meine Stimme an zu zittern, und ich wusste nicht, warum. Ich sagte noch, dass Kim genau genommen nur meine Halbschwester sei, sie mich aber nicht »Halbschwester« nannte, sondern »Sis«.

»Kim nennt mich Sis!«, rief ich, weil die Ersten schon wieder quatschten. Ich schaffte es gerade noch, halbwegs zu erklären, dass »Sis« von »sister« kommt.

»Kapier ich nicht«, platzte Jacqueline dazwischen.

»›Sister‹ ist Englisch und bedeutet ›Schwester‹«, erklärte ich.

»Und wieso taucht die plötzlich auf?«, fragte Jacqueline.

Ein paar fingen an zu tuscheln. Ich hatte keine Antwort parat. Plötzlich kam mir alles unglaublich kompliziert vor. Dabei war es das doch gar nicht.

»So. Jetzt aber mal«, ging Frau Finke dazwischen.

Als es wieder ruhig in der Klasse war, dachte ich natürlich, ich dürfte weitererzählen. Die besten Sachen kamen schließlich noch. Aber nein. Falsch gedacht. Frau Finke sagte: »Jetzt ist mal Luisa dran.«

Und so war es dann. Luisa erzählte und ich schwieg und blieb die Franka mit der halben Geschichte von der halben Schwester.

Achterbahn

Es war Samstag. Die Sonne schien, am blauen Himmel waren nur ein paar Wölkchen und wir fuhren in den Vergnügungspark. Es war Papas Idee gewesen. Er war bester Laune und pfiff während der Fahrt die ganze Zeit vor sich hin. Ich saß neben Kim auf der Rückbank, guckte aus dem Fenster und wunderte mich. Seit Jahren schon hatte ich dort hingewollt. Ich hatte es mir gewünscht, hatte gedrängelt und gebettelt. Es hatte alles nichts geholfen. »Schweineteurer Blödsinn«, hatte Papa immer gesagt und Mama hatte ihm zugestimmt. Ich hatte ihnen sogar vorgeschlagen, meinen Eintritt von meinem Geld zu bezahlen. Sie ließen sich nicht erweichen. Und nun fuhren wir dorthin. Plötzlich! Wenige Wochen nach Kims Einzug. Ohne dass ich was gesagt hatte.

Papa bezahlte mit Karte und ohne Murren 142 Euro für uns vier und dann standen wir erst mal herum. Wir blätterten in Infobroschüren und versuchten den riesigen Lageplan am Eingang zu verstehen. Es gab Wildwasserbahnen, Achterbahnen, Geisterbahnen, Tretboote, Kanus und einen Streichelzoo. Spielplätze im Dschungel, im Weltall und auf einer Ritterburg, Restaurants und Cafés. Mir schwirrte der Kopf.

»Womit fangen wir an?«, fragte Papa und legte einen Arm um Kims Schultern. »Sag du doch mal.«

»Keine Ahnung«, sagte Kim.

»Mit der Wildwasserbahn!«, rief ich.

Also fuhren wir Wildwasserbahn und wurden nass. Danach ließen wir uns in einem Ruderboot auf einem See trocknen. Später schossen wir in kleinen Wagen durch dunkle unterirdische Gänge, schaukelten in einem Piratenschiff und flogen auf Drachenflügeln über Palmen. Plötzlich bekam ich Hunger. Ich sagte es Mama und sie zog ein mitgebrachtes Baguette aus dem Rucksack.

»Mit Tomate, Mozzarella, Basilikum«, sagte sie und gab es mir. »Sehr lecker!«

»Kann ich auch Pommes haben?«, fragte ich.

»Klar kannst du Pommes haben«, antwortete Papa, bevor Mama dagegen sein konnte. Mama sagte keinen Ton, nahm das Baguette zurück und drückte es Papa in die Hand. An der nächsten Bude bekam ich meine Portion. 4 Euro 20! Immerhin war sie riesig und Ketchup und Mayo waren im Preis inbegriffen. Kim bestellte sich einen Pappbecher Kaffee und eine Brezel. Wir setzten uns auf eine Bank, Mama und Papa aßen Baguette, und ich stopfte die Pommes in mich hinein, weil ich schnell weiterwollte. Ich hatte eben eine Geisterbahn gesehen, die ich unbedingt als Nächstes ausprobieren wollte.

Der Weg dorthin führte vorbei an *Europas spektakulärster Achterbahn*.

»Wartet doch mal«, sagte Papa.

Wir blieben stehen, legten die Köpfe in den Nacken und verfolgten die Wagen mit den kreischenden Menschen darin gespannt mit unseren Blicken.

»Anstieg auf 35 Meter«, las Papa laut auf einer Infotafel. »Freier Fall und insgesamt fünf Überschläge. Spitzengeschwindigkeit 85 Stundenkilometer. Oh ha!« Er sah uns an und rieb sich die Hände. »Wollen wir?«

Mama tippte sich an die Stirn, Kim hob abwehrend die Hände und schüttelte den Kopf. Ich wollte.

»Nein!«, rief Mama entsetzt.

»Das klingt nur so dramatisch«, versuchte Papa sie zu beruhigen. »Und wenn du im Flugzeug sitzt, merkst du doch auch nicht, wie schnell du bist.«

Normalerweise hört Mama bei technischen Sachen auf ihn. Jetzt tat sie es nicht.

»Im Flugzeug gibt's keinen freien Fall!«, sagte sie. »Und außerdem: Wieso kreischen die hier alle so? Das ist doch viel zu schnell für Franka.« Sie war total aufgebracht. Papa nahm meine Hand.

»Die Bahn ist für Kinder ab acht. Und Franka ist bald elf.«

»Sie ist zehn«, grummelte Mama, ließ mich aber dann doch ziehen.

Ich hatte es mir anders vorgestellt. Eher so wie Brausepulver in den Adern, prickelnd und witzig. Und schon auch wild, klar. Aber nicht so wild! Und schon gar nicht brutal. Aber es war brutal, und ich brüllte wie am Spieß, krallte mich an Papa fest und dachte, ich müsse sterben. Als endlich alles vorbei war und ich wider Erwarten noch lebte, wankte ich auf Mama zu. Alles drehte sich um mich und vor allem in mir. Aber bevor ich in Mamas ausgebreitete Arme sinken konnte, kotzte ich ihr in einem Schwall die Pommes und noch viele andere Sachen vor die Füße. Kim war neben mich gesprungen und hielt mir die Haare aus dem Gesicht. Dass sie das konnte! Dass ihr nicht schlecht wurde! Mir war es schrecklich peinlich und der Tag war gelaufen.

»Tut mir leid«, sagte ich zu Kim, als wir zurück zum Auto gingen.

»Was?«

»Dass ich … weißt schon.« Ich ließ die Zunge aus meinem Mund hängen. »Ich hab's versaut.«

Kim grinste. »Diese Geräte sind der helle Wahnsinn. Ich gehe sowieso lieber schwimmen.«

»Ich auch!«, rief ich. »Könnten wir doch morgen machen.«

»Morgen schon?«

»Klar, morgen. Morgen ist Sonntag.«

Kim lachte und sagte: »Mal sehen, ja?«

Wir stiegen ins Auto. Mir fielen fast die Augen zu, so erschöpft war ich. Gerade noch sah ich, wie Papa Mamas Knie tätschelte.

»War doch trotzdem schön heute«, sagte er.

»Ja klar, sehr schön«, sagte Mama.

»War eine gute Idee von mir, oder?«

»Eine sehr gute Idee.« Mama legte ihre Hand auf Papas.

Ich dachte nur noch: ›Schokolinsen, Kieselsteine, Schwimmen.‹ Jetzt waren es schon drei Sachen, die Kim und ich mochten. Es wurde wirklich immer besser mit ihr. Dann sackte ich weg und schlief ein.

Schwimmen

Ich hatte ja befürchtet, dass Kim am nächsten Morgen schon wieder ausgeflogen sein würde, dass sie vergessen haben könnte, dass wir zusammen ins Freibad wollten. Aber sie war nicht ausgeflogen und hatte nichts vergessen. Wir gingen tatsächlich dorthin. Nur Kim und ich. Ich hatte nicht gedacht, dass Mama es ohne erwachsenen Aufpasser erlauben würde. Es war der letzte Tag in dieser Saison, an dem das Bad geöffnet hatte. Papa brachte uns hin.

Wir zogen uns um und cremten uns ein. Ich durfte Kims Sonnenmilch benutzen, obwohl ich meine gar nicht vergessen hatte. Dann schwammen wir ein paar Bahnen, sprangen vom Dreier und ganz oft vom Einer. Kim zeigte mir, wie ich einen Kopfsprung vom Einer ohne Bauchklatscher hinbekam. Leider war niemand aus meiner Klasse da, der mich mit meiner Schwester hätte sehen können. Kim war eine Wucht. Sie schwamm und sprang wie eine … ja, wie eine Piratin. Elegant, mühelos. Wir legten uns auf die Steine und brutzelten eine Weile in der Sonne, Kim setzte mir ihre schwarze Brille auf die Nase. Dann wurde uns zu heiß und wir zogen um unter eine alte Eiche und redeten über alles Mögliche. Ich dachte noch: ›Das ist doch jetzt echt klasse mit ihr.‹ Und ich überlegte schon, ob ich sie fragen könnte, ob wir mal zusammen shoppen gehen, nur sie und ich. Ich hatte mir die Frage fast fertig ausgedacht, da tauchte Mik plötzlich auf. Stand vor uns, wie aus dem Boden gewachsen, und warf seinen langen, dünnen Schatten auf uns.

»Da bist du ja endlich«, sagte Kim.

Endlich? Waren die zwei verabredet? Kim hatte nichts gesagt! Ich ahnte, was kommen würde. Mik fläzte sich neben meine Schwester und ich wurde Luft. Sie sahen mich gar nicht mehr.

Ich zog das Buch, das ich mitgenommen hatte, aus der Tasche und fing an zu lesen. Besser gesagt, ich versuchte zu lesen.

Aber ich konnte mich nicht konzentrieren, was vor allem an Miks dämlichem Knatterlachen lag, das er alle paar Sekunden einschaltete.

Ich ging aufs Klo.

Ich schlenderte zurück und legte mich bäuchlings auf mein Handtuch.

Ich tat, als würde ich dösen.

Ich stand auf, kaufte mir ein Eis und schleckte es auf meinem Handtuch zu Ende.

Ich spazierte ein paarmal um die Becken, sah aber niemanden, den ich kannte.

Ich planschte im Nichtschwimmerbecken herum.

Ich trocknete mich ab.

Ich ging noch mal aufs Klo.

Ich ging zurück zu unserem Platz und legte mich auf mein Handtuch.

Ich wusste nicht, was ich noch machen sollte.

Ich wollte nach Hause.

»Können wir gehen?«, fragte ich Kim.

Sie reagierte nicht. Ich tickte sie an. Sie drehte sich um und guckte, als sehe sie mich an diesem Tag zum ersten Mal. Miks Hand lag auf ihrem Po.

»Wie?«, fragte sie.

»Können wir gehen?«, wiederholte ich.

»Klar«, sagte sie, zog ihr Handy heraus und rief Papa an. Da hatte ich den Salat. Denn nicht *wir* gingen nach Hause, sondern nur ich. Kim begleitete mich bis zum Ausgang und winkte fröhlich durch den Zaun, als ich zu Papa ins Auto stieg. Ich sagte keinen Ton, nickte Kim nur kurz zu und guckte dann starr geradeaus auf die Straße. Ich merkte, wie Papa mich von der Seite ansah. Schnell drehte ich meinen Kopf.

»Fahr schon«, blaffte ich ihn an.

Papa gab Gas und stellte das Radio an. Ich war froh, dass er keine Fragen stellte, denn ich kochte innerlich und musste mich beruhigen. Erst zu Hause im Treppenhaus wollte Papa wissen, wer denn nun von wem genug gehabt hätte. Ich blieb stehen, stemmte die Arme in die Seiten und sagte: »Mik war plötzlich auch da.«

»Das erklärt alles!«, sagte Papa und sah sehr erleichtert aus.

Peinlich

Seit Wochen brannte Flo darauf, Kim zu sehen. Sie platzte fast vor Neugier. Aber immer, wenn sie mich besuchte, war Kim gerade nicht da, was kein Wunder war, denn Kim war oft nicht da. Einmal hatte Flo sie wieder mal verpasst.

Flo hockte enttäuscht auf meinem Bett. Sie wollte, dass ich ihr alles Mögliche über Kim erzählte. Als Entschädigung sozusagen. Flo verhielt sich wie Oma. Seit Kim bei uns wohnte, wollte Oma auch immer wissen, wie es mit Kim so lief. Jetzt fragte mich Flo, ob Kim gut in Mathe war, wann sie ins Bett ging, ob sie lieber Nudeln als Kartoffeln aß, ob sie sich schon mal mit Mama gestritten hatte, ob sie morgens oder abends duschte. Sie löcherte mich mit ihren blöden Fragen, von denen ich die meisten nicht beantworten konnte. Wie denn auch? Ich kannte Kim noch gar nicht richtig. Ich wollte es nicht zugeben, und deshalb tat ich so, als hätte ich keine Lust zu antworten.

»Hör mal auf«, murrte ich. »Ich frag dich doch auch nicht dauernd nach Chris.«

»Das ist was anderes«, sagte Flo.

»Gar nicht«, sagte ich. Dabei hatte Flo natürlich recht.

»Jetzt sag schon, welches Deo benutzt sie?«, drängelte Flo weiter.

Ich seufzte. »Also gut, komm mit«, sagte ich.

Ich nahm Flo mit ins Bad und zeigte ihr das rote Hängeschränkchen. Flo war begeistert. Sie öffnete es, ließ ihren Blick staunend über die Etagen sausen und räumte dann das Schränkchen aus. Ich musste sie bremsen, dass sie nicht alles probierte.

Da entdeckten wir die Clear-up-Strips. Flo griff nach der Packung und öffnete sie. Die Packung war noch halb gefüllt. Wir steckten die Köpfe zusammen und lasen hintendrauf, dass Clear-up-Strips so eine Art Klebestreifen gegen Mitesser sind. Ich finde ja, Mitesser klingt nach ungebetenem Besuch, und gewissermaßen sind sie das auch, denn keiner will sie haben. Mitesser sind ähnlich fies wie Pickel, sie wachsen Jugendlichen im Gesicht, vor allem um die Nase herum. In der Gebrauchsanleitung gab es ein paar eklige Fotos dazu. Meist sind Mitesser aber kleiner als Pickel und haben einen winzigen schwarzen Punkt obendrauf. Man solle sie nicht ausdrücken – stand in der Anleitung –, sondern besser die Strips benutzen. Flo sagte, dass

Chris mit Strips nichts am Hut habe. Ich solle mir mal seine Nase ansehen. Bei ihm müsse man froh sein, wenn er wenigstens ein Deo nahm und jeden Tag eine frische Unterhose.

Die Strips waren weiß und ganz klebrig auf der einen Seite. Wir pappten sie uns auf die Nasen, drückten sie fest und warteten, wie es in der Anleitung stand. Wir kicherten die ganze Zeit und schnitten Grimassen. Aber bei uns gab's nichts zu holen. Als wir die Dinger wieder abzogen, klebten keine schwarzen Punkte an den Strips. Wir waren eben noch nicht so weit. Unsere Nasen glänzten rot und fühlten sich an wie glatt poliert.

»Und jetzt ihr Kleiderschrank«, sagte Flo und war schon an der Tür.

»Nicht der Kleiderschrank!«, sagte ich.

»Wieso denn nicht?«

»Das geht nicht.«

»Aber wir machen doch nichts.«

Ich wollte Flo widersprechen. Aber mir fiel nichts Vernünftiges ein, denn eigentlich hielt ich es für eine ausgezeichnete Idee. Ich hätte mich wahnsinnig gerne mal in Kims Schrank umgesehen.

Das Schloss in unserer Wohnungstür klackte. Ich packte Flo am Arm und zog sie in mein Zimmer. Leise kichernd standen wir hinter der Tür und lauschten. Wir hörten Mama und noch jemanden. Kim. Kim! Flo kniff mich vor Begeisterung in den Arm.

Wir warteten noch ein paar Minuten, dann schlichen wir zur Küche. Mit dem Fuß stieß ich die Tür auf. Mama und Kim hantierten in der Küche herum. Einen kurzen Moment lang wunderte ich mich, dass Kim ganz selbstverständlich den Tisch deckte. Ich wunderte mich, dass sie wusste, wo Gläser, Teller, Besteck in den Schränken zu finden waren. Sie bewegte sich in unserer Küche, als wohnte sie immer schon da.

Flo stand neben mir, sie drehte sich zu mir und sah mich Hilfe suchend an. Ich grinste nur und wusste auch nicht, was ich sagen sollte. Zum Glück kam Mama uns zu Hilfe und machte Flo mit Kim bekannt. Kim sagte: »Hallo, Flo«, und lächelte freundlich. Flo sagte keinen Piep, stand da wie versteinert und starrte Kim an, als wachse Petersilie aus ihren Ohren. So kannte ich Flo gar nicht. Ich prustete los und gab ihr einen Schubs. Flo fuhr herum, kiekste: »Mensch, du!«, und schubste zurück. Wir kringelten uns vor Lachen. Mama fragte, was mit uns los sei.

»Nichts!«, japste ich.

»Ich muss los«, sagte Flo immer noch kichernd und zeigte auf die Uhr. »Mama holt mich ab. Sie wartet unten.«

Flo und ich liefen aus der Küche. Lachend stürzten wir die Treppe hinunter.

»Voll peinlich«, schnaufte Flo, als wir an der Straße standen und auf ihre Mutter warteten.

»Und?«, fragte ich. »Wie ist sie?«

Flo hob beide Daumen. »Keine Tussi!«

»Sag ich doch.«

»Sie ist 'ne Piratin«, hätte ich fast auch noch gesagt, aber nur fast. Da kam Andrea, Flos Mutter. Flo stieg ins Auto und ließ das Fenster hinunter.

»Lass Haare wehn!«, rief sie, als sie losfuhren.

»Lass Haare wehn!«, schmetterte ich ihr nach. Ganz leicht sprang ich die Stufen hoch zu unserer Wohnung.

Haare

Mama, Kim und ich saßen auf unserem Balkon in der Sonne, als es klingelte. Kim sprang auf.

»Das ist Susa!«, rief sie.

»Susa?«, fragte ich. Mama reagierte nicht. Sie blätterte weiter in ihrer Zeitschrift. Ich ging Kim nach.

»Deine Freundin?«, fragte ich.

»Ja.«

»Beste Freundin?«

»Sehr gute Freundin.«

Ich war gespannt. »Geht ihr noch aus?«, fragte ich.

»Später«, sagte Kim.

Ich freute mich, weil ich auch noch nichts vorhatte. Wir hätten zusammen Pudding kochen können.

»Und jetzt?«, fragte ich. »Was macht ihr jetzt?«

»Wir machen uns die Haare.«

»Wie, die Haare?«

»Susa schneidet. Und ich helfe ihr beim Färben.«

Ich dachte, ich hätte mich verhört. Wusste diese Susa denn, wie man Haare schnitt? Mama hatte es bei mir mal versucht und komplett verhunzt. Dabei wollte sie meine Haare einfach nur unten gerade abschneiden. Bei Kim war es viel schwieriger als bei mir. Da gab es Stufen und Fransen und sogar Kurven um die Ohren herum. Wieso also ging Kim nicht zum Friseur?

Kim sah mein Gesicht und lachte. Sie sagte, ich solle mir keine Sorgen machen, Susa könne super schneiden. Kim öffnete die Tür und kurz darauf stand Susa in unserem Flur und die beiden umarmten sich.

Susa sah aus wie eine freundliche Hexe aus einem Kinderfilm. Sie trug weite, orange-grüne Pumphosen und dazu ein enges Shirt, Hängeohrringe und viele bunte Ketten. Ihre Haare waren klasse. Bestimmt eine Million kleine Locken kringelten sich auf ihrem Kopf. Sie hatte sie mit einem breiten grünen Tuch aus dem Gesicht gebunden, und oben aus dem Tuch quollen die Locken wie Fussili-Nudeln aus einem Topf, der überkochte. Susas Fussili-Locken waren gelbblond. Noch.

Ich versuchte Susa nicht anzustarren und möglichst cool auszusehen. Sie musterte mich und sagte dann zu Kim: »Sehr süß, deine kleine Schwester.« Ich seufzte innerlich. Kleine Schwester. Susa griff ohne Vorwarnung meinen Zopf und zog ihn prüfend durch ihre Finger. Stocksteif stand ich da und ließ es geschehen. Als Susa meinte, mit meinen Haaren könne sie eine Menge veranstalten, haute ich ab. Ich flüchtete zu Mama auf den Balkon, die immer noch in ihrer Zeitschrift blätterte. Also echt, was bildete diese Susa sich eigentlich ein?

Nach ein paar Minuten schlich ich wieder hinaus in den Flur. Die beiden waren im Bad. Die Badezimmertür war nur angelehnt, der Spalt aber zu schmal. Sosehr ich meine Augen auch verdrehte, ich konnte nichts erkennen. Ich verstand auch nicht, was die beiden redeten, sie hatten das Radio angestellt. Ich hörte sie nur lachen. Ich ging zurück zu Mama.

»Sie schneiden und färben«, sagte ich.

Mama war immer noch ganz in ihre Zeitschrift versunken. »Kürbis mit Aprikosen und Spinat. Schmeckt das denn?«, sagte sie mehr zu sich selbst und sah erst dann hoch zu mir.

»Sie schneiden und färben!«, sagte ich noch mal, diesmal mit kleinem Alarm in der Stimme.

»Mmmm.« Mama guckte wieder aufs Rezept und murmelte: »Vielleicht wäre es einen Versuch wert? Aprikosen und Kürbis und …«

»Mama!« Ich stampfte mit dem Fuß auf.

Mama sah mich erstaunt an. »Alles klar mit dir?«

»Mit mir schon!«

Wieso war Mama so entspannt? Ich wollte gar nicht wissen, was los gewesen wäre, wenn Flo sich mit einer Schere an meinen Haaren zu schaffen gemacht hätte.

»Ob die beiden wohl was zu knabbern möchten?«, überlegte Mama jetzt laut. »Geh sie doch mal fragen, ja?« Sie lächelte.

Ich schlenderte hinüber zum Bad und hörte schon im Flur das Wasser plätschern. Ich klopfte an die Tür. Keine Reaktion. Ich klopfte noch mal, nun etwas stärker. Immer noch nichts. Ich zog die Tür auf und sah Susa mit Kopf vornüber vor der Wanne knien. Kim stand neben ihr und wusch ihr die Haare.

»Was gibt's?«, fragte sie und guckte nur kurz über die Schulter.

»Ich … also, ähm … ich wollte, also ich sollte …«

»Was?« Kim stellte das Wasser ab und drehte sich um.

»Wollt ihr was zu knabbern?«, fragte ich schnell. »Chips oder so?«

»Nee, danke«, rief Susa.

»Nee, danke«, sagte auch Kim. »Mit der Chemie hier kommt das nicht so gut.«

»Nee, klar«, sagte ich und zischte wieder ab.

Wenig später ging ich mit Mama Brot und noch ein paar andere Kleinigkeiten kaufen. Wir waren nicht lange unterwegs, aber als wir zurückkamen, waren Kim und Susa verschwunden. Sofort ging ich ins Bad. Es roch nach großen Mädchen und alles war picobello. Badewanne, Waschbecken, Fußboden – alles blitzsauber und sogar trocken! Ich war enttäuscht. Im Mülleimer fand ich eine Menge millimeterkurze Haare und ein leeres Schraubglas Haarfärbemittel. Ich las: »Vampire's Kiss.« Mich schauderte. Man musste kein Englisch können, um das zu verstehen. Wie sah wohl jemand aus, den ein Vampir geküsst hatte? Auf einmal machte ich mir Sorgen, was Susa mit Kim angestellt hatte.

»Stimmt was nicht?«, fragte Kim mich am nächsten Morgen beim Frühstück, als sie merkte, dass ich sie anstarrte.

»Nein, alles gut«, sagte ich und so war es auch. Kim sah eigentlich aus wie immer.

Keine Party

Und dann fing Kim eines Tages mit ihrem Geburtstag an. Es war Oktober, wir standen in der Küche und machten zusammen den Abwasch.

»Geburtstag?«, fragte Mama und zwinkerte mir zu, denn natürlich hatten wir schon daran gedacht und natürlich hatte ich schon ein Geschenk besorgt – eine Kette mit einem türkisfarbenen Delfinanhänger daran. War irgend so ein spezieller Stein, der einem irgendwie guttun sollte. Das hatte der Straßenhändler gesagt. Ich hatte fünf Euro von meinem Taschengeld bezahlt und Mama den Rest.

Mama sagte: »Noch eineinhalb Wochen.« Sie lächelte geheimnisvoll.

Ich sah Kim an, dass sie sich freute. Sie fragte, ob sie denn auch feiern könne. Mit Gästen und so. Für jedes Jahr ein Gast, fiel mir ein. So machten wir es immer bei mir. Ich überlegte blitzschnell: Wenn wir uns bei Kim an die Regel hielten, hieß das: sechzehn Gäste. Zusammen mit uns wären wir zwanzig! Und wenn dann Oma noch vorbeikäme, und sie kam bestimmt vorbei … Oha! Ich war gespannt, was Mama antworten würde.

»Klar darfst du feiern«, sagte Mama. Es klang ganz unbekümmert, fast begeistert. Sie goss Kim eine Tasse Kaffee mit einem Schuss Milch ein, nahm sich auch eine Tasse ohne Milch, und dann setzten sie sich erst mal gemütlich hin. Mama holte noch Stift und Papier dazu. Mama, der Profi, war bereit zu planen. Ich stand dabei, weil ich noch keinen Kaffee trank und es auch nicht mein Geburtstag war. Wie sich herausstellte, brauchte Mama aber gar keine Liste zu machen. Kim wollte es klein halten. Nur ein paar Leute, nur Mädels, Kaffee, Kuchen, kein Motto natürlich und Spiele schon gar nicht. Eine Girlande? Ja, mal sehen. Und bei schönem Wetter unten im Hof. Wir hatten einen sonnigen Herbst. Ich war gespannt.

Am Abend rief Oma an. »Keine große Sache, keine Party …«, hörte ich Mama sagen. »Nein, kein Alkohol, nur Kaffee und Kuchen und Mädchen … ja wirklich.« Mama lachte. »Nein, ich brauche keine Hilfe. Nein, wirklich nicht.«

Kims Geburtstag fiel auf einen Freitag. Am Morgen standen wir alle sehr früh auf, weil wir Kim, bevor wir zur Schule und Mama und Papa zur Arbeit gingen, gratulieren wollten. Aber so richtig kamen wir gar nicht dazu, weil dauernd ihr Handy rappelte. Und weil es ihr Geburtstag war, ging sie natürlich auch dran, sprach, lachte oder las die Nachrichten, lächelte in sich hinein und schrieb auch gleich zurück. Kim war sehr fröhlich an diesem Morgen, und mir kam es so vor, als hätten wir die

Bude voll. Allerdings mit Leuten, die wir nicht kannten, und mit einem Leben, zu dem wir nicht gehörten.

Schließlich überreichte ich Kim mein Geschenk. Es gelang ihr, es zwischen zwei Nachrichten auszupacken, die Kette umzuhängen und mich auch noch zu drücken. Sie freute sich sehr. Und ich mich erst. Der Delfin leuchtete auf ihrem weißen Shirt und sah fantastisch aus.

Am Nachmittag war ich früher als Kim von der Schule zurück und half Mama draußen beim Dekorieren. Es war mild und die Sonne schien. Am Abend vorher hatte Papa eine Bierbankgarnitur im Hof aufgestellt. Wir schoben die Mülltonnen hinter die Büsche und machten es mit Tischdecke, Kissen und Blumen bunt und nett. Eine Girlande hängten wir zwischen die Bäume über den Tisch. Mama hatte zwei Kuchen gebacken: einen Käsekuchen und einen mit Kirschen. Kim war gerührt, als sie nach Hause kam und alles sah, sie umarmte mich und strich Mama über den Rücken.

Während der Kaffee noch durch die Maschine gurgelte, klingelte es. Kim schnappte sich den Käsekuchen und schoss nach unten, ich blieb lieber oben bei Mama und guckte vom Balkon aus in den Hof. Leider konnte ich von so weit oben nicht viel sehen, nur dass es insgesamt sieben Mädchen waren. Aber Susa erkannte ich. Ihre Haare leuchteten tomatenrot. Mama meinte, ich könne ruhig hinuntergehen, aber ich traute mich nicht. Ich wusste nicht, ob Kim mich überhaupt dabeihaben wollte. Sie hatte mich nicht eingeladen. Nicht offiziell.

»Jetzt komm schon«, sagte Mama schließlich. Sie stand mit zwei Kaffeekannen in der Tür. Alleine wollte sie wohl auch nicht da hinunter. »Du könntest zum Beispiel den Kirschkuchen tragen«, sagte sie.

»Also gut«, murmelte ich. Mit kleinen Schritten und kerzengerade ging ich dicht hinter ihr die Treppen hinunter, durch die

Tür, über den Hof. Mama grüßte freundlich in die Runde, stellte die Kannen ab, wünschte viel Spaß und dampfte wieder ab. Sie ließ mich einfach stehen! Mir wurde abwechselnd heiß und kalt.

»Setz dich doch zu uns«, sagte da Kim, rutschte zur Seite, zog einen Teller und ein Glas an den freien Platz. Und dann zeigte sie die Kette herum, die ich ihr geschenkt hatte. Mir war es peinlich, aber ich stellte den Kuchen ab und quetschte mich umständlich zwischen Kim und Susa, die mich angrinste und mit ihren knallroten Haaren jetzt noch viel mehr aussah wie eine Hexe. Dann ließen sie mich erst mal in Ruhe und ich atmete durch. Ich aß stumm meinen Kuchen und blinzelte in die Runde. Es gab ja viel zu gucken, die Mädchen sahen cool aus, speziell irgendwie. Tussis waren nicht dabei.

Je länger ich dasaß und guckte und lauschte, desto wohler fühlte ich mich. Ich hatte fast gar kein Herzklopfen mehr. Ein Mädchen, das Jo hieß, schenkte mir Saft nach. Und mit einer Mia teilte ich mir ein Stück Käsekuchen. Schade, dass Flo jetzt nicht hier war und mich so sah.

Plötzlich fragte jemand: »Sag mal, Franka, hast du eigentlich Barbies?«

Mit einem Schlag war es ganz still am Tisch, alle guckten mich an. Und die Frage wurde dadurch wichtig und groß. Mir blieb der Kuchen fast im Hals stecken. Ich schluckte. Trank was hinterher.

Meine Barbiekiste steht neben meinem Bett. Immer schon steht sie da, aber nicht, weil ich dauernd mit Barbies spiele. Oh, nein! Aus dem Alter bin ich lange raus. Sie steht dort, weil woanders im Zimmer kein Platz für sie ist. Ich versuchte mich daran zu erinnern, wann Kim das letzte Mal in meinem Zimmer gewesen war. Hatte sie meine Barbies bemerkt? Und hatte sie den anderen was erzählt? Auf keinen Fall wollte ich ausgelacht werden.

Ich guckte zu Kim. Sie stieß mich grinsend an. Ich nippte noch mal an meinem Glas, dann nickte ich zaghaft. Jubel brach los. Ich solle die Sachen holen! Sofort! Ich fasste es nicht.

Wenig später saßen wir auf einer großen Decke in der Sonne und packten die Kiste komplett aus. Wir zogen die Barbies an und um, probierten Frisuren und lachten die ganze Zeit. Erst dachte ich: ›Die tun nur so.‹ Aber das stimmte nicht. Sie spielten in echt! Und Kim zwinkerte mir dauernd fröhlich zu.

Aber dann war leider plötzlich Schluss, alles ruck, zuck wieder eingepackt, Teller und Tassen hochgetragen, treppauf, treppab, Krümel vom Tisch gewischt. »Vielen Dank auch, für den Kuchen und alles! War schön bei euch!« Plötzlich war Schluss und alles anders, weil Mik mit ein paar Jungs und Mädels im Hof stand. Eine ganze Horde, wie eine Bande. Kim sprang Mik um den Hals. Erst kapierte ich nicht, was da vor sich ging. Aber dann doch. Als sie verschwanden. Lachend, winkend und Handküsschen werfend verschwanden sie vom Hof, aus der Einfahrt, hinein in den Abend. In ihren Abend. Ohne mich.

Mama seufzte, weil sie als Überraschung noch orientalische Häppchen vorbereitet hatte. Toll dekoriert. Da kam Oma ganz recht, die eigentlich nur schnell gratulieren wollte und jetzt ordentlich zulangte. Papa, der extra früher vom Büro nach Hause gekommen war, lachte nur, als er sah, dass alle schon weg waren. Er lachte, weil es sich angeblich so gehörte in dem Alter. Ach so. Und warum hatte Mama es nicht gewusst? Ich war stocksauer. Fast hatte ich dazugehört, aber eben nur fast. Als ich später mal musste, schwammen da zwei Zigarettenkippen im Klo.

Rauchen

Mama hatte noch nie geraucht, in ihrem ganzen Leben nicht, weil es giftig war und weil sie Angst hatte, dass ihr schlecht davon werden würde. Mama hatte mir erzählt, dass sie noch nicht mal wusste, wie man eine Zigarette anmachte, und dass Zigaretten sowieso sicher eklig schmeckten. Sie rochen schließlich auch so.

Aber dann änderte Mama ihre Ansicht. Von einer Sekunde auf die andere schoss sie ihre Überzeugung in den Wind. Sie war mit Kim auf dem Balkon. Kim rauchte. Mama stand links von ihr und Kim blies den Rauch aus ihrem rechten Mundwinkel nach oben. Die Asche schnippte sie in den Blumenkasten. Und plötzlich hielt sie Mama die Packung hin. Ich musste grinsen, denn ich wusste, was kommen würde. »Nein, danke. Ich rauche nicht. Hab noch nie geraucht.« Bedauerndes Kopfschütteln.

Aber nein! Ich hatte mich getäuscht, war total schief gewickelt. Ich traute meinen Augen nicht, als Mama sich eine Zigarette herausfingerte. Ich ging noch etwas näher an das Fenster heran. Mama steckte sich die Zigarette zwischen die Lippen und beugte sich zu Kim, die ihr Feuer gab. Ich sah, wie Mama an der Zigarette zog. Sie nahm sie aber gleich wieder aus dem Mund und fing mit geschlossenen Lippen und aufgeblasenen Wangen an zu husten. Dabei wedelte sie mit einer Hand. Dann stieß sie den Rauch aus.

Ich beobachtete die beiden eine ganze Weile. Wie sie quatschten, lachten und dabei rauchten. Wenn Papa das gesehen hätte! Er hätte die Balkontür aufgerissen, beiden die Zigaretten aus den Fingern gezogen, erst Kim und dann Mama. Und dann hätte Papa die Zigaretten auf den Boden geworfen und sie mit der Fußspitze zertreten. Und er hätte Kim und Mama die Meinung gesagt, so die Meinung gesagt. Schade, dass Papa jetzt nicht da war.

Mama und Kim bemerkten mich nicht. Mama hustete gar nicht mehr, und irgendwann drückte sie, so wie Kim es machte, den Rest ihrer Zigarette im Blumenkasten aus.

Papa kam am Abend nach Hause. Er ging hinaus auf den Balkon, um vor dem Essen noch etwas frische Luft zu schnappen, stürmte aber gleich wieder herein. Zwischen Daumen und Zeigefinger steckten zwei Zigarettenstummel, die er erst Kim unter die Nase hielt und dann angewidert in den Müll warf. Dann wusch er sich ausgiebig seine Hände, baute sich vor Kim auf, und ich dachte: ›Jetzt blafft er sie an.‹ Aber er riss sich zusammen, holte nur tief Luft, versuchte sogar zu lächeln und sagte ruhig: »Wenn du dich schon vergiften musst, dann räum wenigstens deinen Müll weg.«

Zwischen Mama und Kim flogen die Blicke hin und her. Kim sagte: »'tschuldigung«, und fing an den Abendbrottisch zu decken. Und Mama legte ihre Hand auf Papas Arm und fragte ihn, wie sein Tag gewesen sei.

Ankommen

Wir ließen Kim ankommen, ließen ihr Zeit. Und Kim nahm sie sich üppig, packte wochenlang ihre Umzugskiste nicht aus. Die ganze Zeit stand sie dort, wo Papa sie an ihrem ersten Tag bei uns abgestellt hatte, rechts neben dem Schreibtisch, und das Klebeband pappte stramm über dem Öffnungsschlitz. Ich verstand es nicht. Kim war bei uns eingezogen. Punkt. Ich dachte: ›Sie ist meine Schwester. Seit meiner Geburt ist sie meine Schwester, und seit sie bei uns wohnt, noch viel mehr. Noch Fragen? Warum also lässt sie die Sachen in ihrer Kiste? Weil sie bald wieder wegwill? Mit Mik? Ist das ihr Plan?‹ Nicht mal die beknackten Tulpen hatte sie von der Wand genommen und was Schönes aufgehängt. Einmal sprach ich Mama darauf an, aber sie meinte nur, dass Ankommen eben Zeit brauche.

Also sagten wir nichts und fragten nichts. Stattdessen schlichen wir freundlich lächelnd um Kim herum. Immer lächelten wir, wenn sie in unserer Nähe war, lächelten alles weg, unsere Fragen, unser Unbehagen, wenn sie einfach abdampfte und wir nicht wussten, wohin und mit wem. Vielleicht war es Mama und Papa sogar ganz recht, dass Kim nicht alle zu uns nach Hause schleppte, Mik und die anderen. Vielleicht reichte es Mama und Papa schon, dass Mik ab und zu in Kims Zimmer hockte und wir dann unsere Stimmen senkten und nur noch auf leisen Sohlen gingen, was bescheuert war. Fühlten wir uns beobachtet? Wir bekamen ihn doch kaum zu Gesicht. Vielleicht war es aber genau so. Ich weiß es nicht. Und ich fragte nicht. Mama und Papa fragten auch mich nicht, taten, als sei alles wie immer, alles super, Franka, alles toll, als habe sich gar nichts verändert.

Dabei war alles anders geworden, sogar das Essen, das Mama kochte, seit Kim bei uns eingezogen war. Sie strengte sich mächtig an. Was denn auch sonst? Ich hatte sie längst durchschaut. Sie wollte Kim beeindrucken und ihr was bieten und dafür rührte sie sogar Rosinen und süße Mandeln in den scharfen Curryreis! Ganz ehrlich, ich vermisste Fischstäbchen mit Ketchup und Spinat mit Spiegelei, obwohl das früher nicht mal meine Lieblingsessen waren.

Nur Oma wollte immer reden, wollte immer wissen, wie es mit Kim so ging. »Gut«, sagten Mama und Papa wie aus einem Mund. Und lächelten.

Einmal erwischte mich Oma allein. Erst standen wir bei ihr am Herd und rührten in einem Topf mit blubberndem Milchreis, dann saßen wir am Tisch und schaufelten das herrliche Zeug in uns hinein.

»Na, was macht der Backfisch?«, fragte Oma.

»Wieso sagst du eigentlich immer Backfisch zu Kim?«, fragte ich.

»Früher nannte man so ein junges Mädchen.«

Ich verdrehte die Augen. »Weiß ich doch.«

»Ach ja«, seufzte Oma und sprach nicht weiter. An ihrem Gesicht konnte ich sehen, wie sie innerlich in der Zeit zurückschnurrte und ungefähr an dem Tag stehen blieb, an dem das Foto mit der Turmfrisur von ihr gemacht worden war.

»Oma?« Ich beugte mich über den Teller. »Oma!« Ich winkte mit meinem Löffel. Da wachte Oma auf.

»Was hast du gesagt?«

»Ich habe gesagt, dass ich es weiß. Backfische, junge Mädchen. Du hast es mir schon mal erklärt, Oma. Aber warum? Warum nannte man Mädchen so?«

Oma überlegte einen Moment und sagte dann: »Wieso sagt man wohl Dreikäsehoch?«

»Dreikäsehoch? Nie gehört.«

»Och, Franka.« Oma guckte enttäuscht.

»Wirklich nicht!«

»Dreikäsehoch nennt man ein kleines Kind.«

»Wieso?«

»Das frag ich dich!«

Ich schnaufte und legte meine Stirn in Falten. »Weil … ein kleines Kind so hoch ist wie drei Käse übereinander? Oder … weil … ein kleines Kind drei Käse stapeln muss, um irgendwo dranzukommen?«

Oma nickte anerkennend. »Schon mal nicht schlecht. Könnte sein. Keine Ahnung. So ist es oft mit diesen Wörtern, Franka. Einer sagt was, denkt sich was dabei oder auch nicht, dann sagen es ein paar mehr Leute, und irgendwann sagen es alle. Jahrelang, jahrzehntelang. Ach was, manchmal geht das Jahrhunderte so. Und am Ende weiß keiner mehr, wie der Allererste darauf gekommen ist.«

»Backfisch sagt aber heute keiner mehr.«

»Ich schon. Also: Was macht unser Backfisch?«

»Na ja. Geht so«, sagte ich. »Sie kommt gar nicht richtig an.«

Oma schlug mit der flachen Hand auf den Tisch. »Na bitte! Ist mir auch schon aufgefallen.«

»Sie hat immer noch nicht ihre Kiste ausgepackt.«

»Ach.«

»Ja! Mama meint, Kim brauche noch Zeit.«

»Papperlapapp. Sie ist doch jung. Ein Backfisch. Ein Backfisch kann schwimmen.«

»Und wie!«, rief ich. »Sogar Kopfsprung vom Dreier.«

»Siehst du! Hab ich mir gedacht«, sagte Oma.

Mir kam die Idee, mich dort am Küchentisch mit ihr zu verbünden. Ich wollte mit ihr zusammen einen Plan aushecken, damit Kim endlich ihre Kiste auspackte. Man müsste es geschickt angehen. Unauffällig. Aber leider kam es nicht so weit. Oma und ich wurden keine Verbündeten, denn Oma fing plötzlich an auf Papa zu schimpfen. Weil angeblich er damals Anne und Kim verlassen hatte, weil er sich aus dem Staub gemacht hatte. Ich nahm ihn erschrocken in Schutz, fragte, woher sie das denn so genau wisse. Vielleicht war es doch genau andersherum und Anne hatte sich mit Kim aus dem Staub gemacht und Papa sitzen gelassen. Ich jedenfalls traute Anne es zu. Heute hier, morgen da, so ist Anne, das hatte Papa auch gesagt.

Und überhaupt: Es war doch ein Glück, dass die beiden sich getrennt hatten, sonst hätte Papa niemals Mama heiraten können. Und was das bedeutet hätte, was das vor allem für mich bedeutet hätte, das konnte sich Oma hoffentlich denken.

Ich sprang auf und brüllte: »Dann gäbe es mich doch gar nicht! Dann wäre ich jetzt gar nicht da!« Und Oma verstand es endlich, sie lief schnell um den Tisch herum und nahm mich in ihre dicken, weichen Arme. Oma murmelte: »Ist gut, ist gut«, so wie sie es früher gemacht hatte, wenn ich gefallen war und mir wie jetzt die Tränen aus den Augen tropften.

Eines Tages packte Kim dann doch noch ihre Kiste aus. Ich entdeckte den Umzugskarton in der Abstellkammer. Er lehnte zusammengefaltet hinter der Tür an der Wand.

Strandfoto

Ich fand das Foto auf Kims Schreibtisch. Vor diesem Tag war ich schon ganz oft in Kims Zimmer gewesen, wenn ich allein in der Wohnung war. Meistens setzte ich mich auf ihren Stuhl am Schreibtisch, drehte mich damit im Kreis, guckte einfach nur ein wenig herum, bemerkte, dass sich das Zimmer langsam veränderte. Langsam wurde es tatsächlich zu Kims Zimmer. Ich sah es daran, dass Dinge herumlagen. Kims Schränke öffnete ich nicht. Damals noch nicht.

Jedenfalls lag das Foto in einem Stapel aus Briefen, Postkarten und Fotos neben der Stiftebox auf dem Schreibtisch. Die Briefe las ich nicht, nur die Postkarten, weil die sowieso jeder lesen kann, sogar der Postbote.

Plötzlich hielt ich das Foto in der Hand, groß wie eine Postkarte. Mann, Frau, Kind. Die drei sitzen nebeneinander im Sand, links der Mann, rechts die Frau, zwischen ihnen das Kind und hinter ihnen das Meer – Urlaub. Erst dachte ich: ›Ich kenne die Leute nicht‹, und hätte das Foto fast schon zur Seite gelegt. Aber dann: ›Ist das nicht Papa?‹ Erst war ich ein wenig erschrocken. Ziemlich jung sah er aus und er war dünn. Da hatte er noch alle Haare. Schwarze Haare. Ich war froh, dass Papa auf dem Bild anders aussah als heute. Jetzt war auch klar, wer die Frau auf dem Foto war. Anne. Wer sonst? Und logisch, dass das Kind Kim war, es Kim sein musste, Baby-Kim, sehr süß. Ich musste an das Foto von ihr denken, das Papa in seiner Brieftasche hatte. Die beiden Fotos waren wie Anfang und Ende eines unsichtbaren Bandes zwischen den beiden.

Ich lief mit dem Foto hinüber ins Wohnzimmer. Unten im Schrank liegen unsere Fotos nach Jahren geordnet in weißen Boxen. Ich wusste, in irgendeiner Box steckte ein ganz ähnliches Foto von uns. Papa, Mama, ich. Nacheinander nahm ich mir die Boxen vor, und endlich fand ich die, die ich suchte. Griechenland. Ist ewig her. Ich erinnerte mich an die Strandbude, wo es ein gestreiftes Wassereis gab und ich gar nicht so schnell schlecken konnte, wie das Eis in der Hitze schmolz. Ich blätterte durch die Fotos.

Da! Ich zog es heraus. Wir im Sand, Mama links, Papa rechts, ich dazwischen. Kindergarten-Franka. Mit Hut und Ringelshirt und Mamas Sonnenbrille. Witzig. Und hinter uns das Meer, so was von blau. Ich legte die beiden Fotos nebeneinander und betrachtete sie eine ganze Weile. Dann schob ich sie übereinander, sodass Mama Anne überdeckte und Anne verschwand. Nun waren nur noch Mama, Papa, Kim und ich zu sehen, Papa gleich zweimal, einmal mit Bauch und einmal ohne. Ich hielt den jungen, dünnen Papa zu, aber trotzdem gefiel es mir so nicht. Es stimmte hinten und vorne nicht, weil es verkehrt herum war. Weil Kim die Kleine war und ich die Große. Mama hätte auf unserem Bild zumindest schwanger sein müssen. Dann wäre wenigstens die Reihenfolge richtig gewesen. Kim die Große, ich die Kleine. Ich kramte noch eine Weile in den Boxen, obwohl ich wusste, dass es solch ein Strandfoto von uns mit der schwangeren Mama nicht gibt.

Viel Grau

Ganz oft stellte ich es mir folgendermaßen vor: Kim und ich in Kims Zimmer, nur wir beide. Ich auf ihrem Bett im Schneidersitz. Sie an ihrem Schrank. »Probier das mal«, sagt sie und wirft mir ein Kleid zu. »Und das auch. Und das … und das …« Jacke, Bluse, Shirt. »Und wie findest du das?« Ich ziehe alles an, nacheinander natürlich. Kims Schuhe sind mir zu groß. Und wir kichern und quatschen und Kim hängt mir eine lange Kette um den Hals und macht mir noch eine verrückte Frisur. Und vielleicht schenkt sie mir auch ein Teil. Einfach so. Irgendwas schenkt sie mir, was ihr nicht mehr passt oder ihr nicht mehr gefällt. Oder sie leiht es mir für ein paar Tage. Machen doch Schwestern so. Ich stellte mir alles genau vor und wartete darauf. Aber es geschah nicht. Erst versuchte ich es noch mit einem Trick: Ich führte Kim vor, wie sie es machen könnte. Dafür lockte ich sie mit einer Schüssel Schokolinsen in mein Zimmer, lotste sie auf mein Bett, öffnete meinen Schrank und zeigte ihr meine Sachen. Sie ließ mich machen, guckte sogar halbwegs interessiert und verschwand erst, als ich die Schranktüren wieder geschlossen hatte. Aber sie hatte nichts kapiert. Gar nichts. Sie lud mich nicht ein an ihren Schrank. Die Schokolinsen hatte sie alle aufgefuttert.

Hätte ich wissen können, dass es doch noch passieren würde? Dass sie mir ihre Sachen zeigen würde, eine Ewigkeit später? Hätte ich es ahnen oder riechen können? Gab es Hinweise darauf, irgendwelche Zeichen? Nein! Und ich sage es noch einmal: Ich hatte nie vor, in Kims Sachen zu kramen. Es ist ganz von selbst passiert.

Ich stand vor ihrem Kleiderschrank. Erst tanzten meine Finger noch eine Weile um die langen, dünnen Griffe. Aber dann traute ich mich und zog die beiden Türen gleichzeitig auf. Mein Herz schlug schnell.

Kims Schrank war nicht mal halb gefüllt. Da war viel Schwarz und noch mehr Grau. Und ein wenig Weiß. Ich sah noch andere Farben, sie wirkten ziemlich staubig, weil Grau mit hineingemischt war. Ich weiß, wie man Farben mischt. Wenn man in Rosa, Blau oder Grün Grau hineinkippt, bekommt man Staubrosa, Staubblau, Staubgrün und so weiter. Piratenfarben. Sie passen zu Kim.

Aus meinem Kleiderschrank springen einem die Farben entgegen und manchmal auch ein Paar Socken oder ein halber Stapel Shirts. Ich mag es gerne bunt durcheinander. Also die Farben, meine ich. Für das andere Durcheinander kann ich nichts, das passiert von ganz allein. Manchmal hilft mir Mama beim Aufräumen. Sie nennt es Tabula rasa. Aber es bringt nichts. Zwei Tage später sieht es wieder aus wie vorher.

In Kims Schrank war es halbwegs ordentlich, aber erstens war er größer und zweitens nicht so vollgestopft wie meiner. Ich schob ein paar Kleiderbügel auf der Stange hin und her. Dann zog ich die vier Schubladen im unteren Teil des Schrankes nacheinander auf. Kim hatte Unterwäsche, Socken, Leggins, Strumpfhosen, Gürtel und anderen Kleinkram in die Schubladen sortiert. Unterwäsche oben links, Socken oben rechts, Leggins und Strumpfhosen unten links und Gürtel und alles andere unten rechts. An der Stange hingen Kleider, Hosen und zwei Jacken. Viele Bügel waren leer. Und auf dem Brett über der Stange lagen T-Shirts,

Langarm-Shirts und ein paar wenige Strickpullis und Sweatshirts in unterschiedlich großen Stapeln.

Ich holte die kleine Leiter aus der Küche, klappte sie auf und stieg darauf. Ich strich mit der Hand über die Stapel, entschied mich als Erstes für den linken und zog das obere T-Shirt heraus, ein staubgrünes, faltete es auseinander, stieg von der Trittleiter und hielt mir das Shirt vor dem Spiegel an. Cooler Schnitt! Nur die Farbe machte mich blass. Ich warf es aufs Bett, stieg wieder hoch und nahm das nächste Shirt. Und das nächste. Und einen Pulli. Und noch einen. Und immer so weiter. Ich erschrak, als plötzlich keine Shirts und Pullis mehr im Schrank lagen, sondern nur ein wilder Haufen auf dem Bett. Ich beeilte mich, alles wieder zusammenzulegen, fing an zu schwitzen, weil ich es nicht konnte. Ich faltete, faltete wieder auf, versuchte es noch mal ganz konzentriert, jetzt klappte es besser, ich hetzte, stapelte, stolperte die Leiter rauf und wieder runter. Ich bekam es hin, ziemlich gut sogar.

Zur Belohnung zog ich das T-Shirt, das mir am besten gefallen hatte, noch mal heraus. Es war weiß mit schwarzen Klecksen und hatte kurze Fransen an den Ärmeln. Sehr schick. Ich zog es über. Es war mir natürlich zu groß, sah aber deshalb ziemlich lässig an mir aus. Ich holte noch Kims Fransenstiefel aus dem Flur, die sie an diesem Tag ausnahmsweise mal zu Hause gelassen hatte, und schlüpfte hinein. Sie hatten richtige Absätze. Ich klackerte ins Bad und strich mir etwas rosafarbenes Lipgloss auf die Lippen, das nach Kaugummi schmeckte und fruchtig roch.

Da klingelte das Telefon. Ich musste drangehen. So war es mit Mama und Papa ausgemacht. Ich ging also hinüber ins Wohnzimmer und nahm das Telefon. Es war Oma. Wie es denn mit Kim so liefe, wollte sie gleich wieder als Erstes wissen.

»Ganz okay«, sagte ich.

Oma seufzte. Dann meinte sie, wir könnten uns ruhig mal wieder sonntags bei ihr zum Essen blicken lassen, alle vier natürlich. Tatsächlich waren Omas Braten mit Klößen und dunkler Soße fantastisch. Und als sie jetzt am Telefon davon anfing, lief mir das Wasser im Mund zusammen. Mama aber machte neuerdings einen Bogen um Omas Sonntagsessen. Sie hatte genug von Omas Fragerei. Mama hatte ihr erklärt, Kim brauche Zeit, sie müsse erst mal richtig ankommen und solle nicht mit Fragen überrollt werden. Mama erlaubte Oma, Kim nur zu fragen, wie es ihr gehe, ganz allgemein sollte Oma fragen und dann abwarten, was Kim von sich aus erzählte. Oma sollte nicht aufdringlich sein und nicht neugierig, weil es sich so gehöre, verdammt noch mal, und alles andere ungehörig und peinlich sei. Mama hatte Oma gründlich die Meinung gesagt. Nicht nur einmal. Aber Oma pfiff drauf, sie hielt sich einfach nicht daran.

Im Prinzip sah ich es ja wie Oma. Mir ging alles auch immer noch viel zu langsam, auch nachdem Kim ihre Kiste ausgepackt hatte. Mir kam es so vor, als interessiere sich Kim gar nicht richtig für uns. Ich versprach Oma, Mama und Papa davon zu überzeugen, dass wir sie bald mal wieder sonntags besuchten.

»Aber zu viert«, sagte Oma.

»Klar zu viert«, sagte ich. Plötzlich hörte ich was. »Warte mal«, unterbrach ich unser Gespräch und guckte aus der Wohnzimmertür in den Flur. Ich hörte den Schlüssel im Schloss, schon ging die Tür auf und Mama kam mit Tüten bepackt schnaufend herein. Ich ließ den Arm mit dem Telefon sinken und starrte Mama an. Ich bekam weiche Knie. Noch hatte Mama mich nicht gesehen, weil sie den Schlüssel verstaute.

»Franka?«, quäkte Omas Stimme aus dem Telefon. »Franka? Bist du noch dran?«

Mama guckte hoch. »Ist das Oma?«

Ich nickte.

»Gib sie mir mal.«

Mama stellte die Tüten ab und streckte ihren Arm aus. Langsam und mit winzigen Schritten schlurfte ich auf sie zu. Ich rutschte in Kims Stiefeln hin und her. Mein Herz klopfte bis zum Hals. Mama merkte immer noch nichts. Sie sah müde aus. Ich reichte ihr das Telefon. Sie nahm es und verschwand damit im Wohnzimmer. Ich sah ihr nach und fasste es nicht. Sie hatte wirklich nichts bemerkt!

Ich sprang aus den Stiefeln, warf sie in die Garderobe, und während ich in Kims Zimmer zischte, zerrte ich mir ihr Shirt vom Leib. Hektisch faltete ich es zusammen und legte es zurück auf den Stapel zu den anderen Shirts. Dann klappte ich die kleine Leiter zusammen und brachte sie zurück in die Küche.

Nach diesem einen Mal hätte ich aufhören können. Ich hätte es einfach sein lassen können. Mamas Auftritt hätte mir eine Warnung sein müssen, eine Art dunkle Vorahnung von dem, was passieren würde, was mir noch blühte. Aber nein, ich ließ es nicht sein. Ich kam noch nicht mal auf die Idee! Plötzlich hatte ich ein neues Spiel, wenn ich allein zu Hause war und mich langweilte. Es war ein lustiges Suchspiel, wenn ich Kims Kleiderschrank öffnete. Was hatte sie wohl Neues da drin versteckt, was hatte ich noch nicht entdeckt? Ich machte nichts kaputt, ich nahm auch nichts weg, ich war nur neugierig. War das schlimm? Gemein und hinterhältig? Nein. Ich mochte es einfach nur zu gerne, Kims Kleider kurz mal überzuziehen.

Weihnachten

Und dann kam Weihnachten, es hatte sogar ein bisschen geschneit. Und alles war wie immer und doch ganz anders, als ich gedacht hatte. Kim feierte nicht mit uns.

»Frohe Weihnachten!«, hörte ich ihre fröhliche Stimme durchs Telefon. Offensichtlich ging es ihr gut. Ohne uns. Ich hätte gerne gewusst, ob sie und Anne in Paris auch einen Weihnachtsbaum hatten. Vielleicht hängten sie in Frankreich die Kugeln nur ans Fenster. Ich wollte es fragen, aber bekam nichts heraus.

»Franka? Bist du noch dran?«

»Frohe Weihnachten«, sagte ich leise. Dann schwieg ich wieder. Vor ein paar Tagen hatte ich mir Kims Flugticket angesehen. Es lag auf ihrem Schreibtisch in einem Umschlag und sah groß und wichtig aus. Ich zog es heraus. Kims Name war darauf gedruckt. Plötzlich war ich froh, dass es Mik gab. Wegen Mik war Kim nicht mit Anne nach Paris gezogen, wegen Mik würde Kim zu uns zurückkommen, das wusste ich.

»Und, hast du was Schönes ausgepackt?«, fragte Kim.

»Den Loopschal von dir. Danke.«

»Danke für die Handschuhe von dir«, sagte Kim. »Die sind cool!«

»Bitte.«

»Und sonst?«

»Ein Handy.«

»Wie?«

»Ich hab ein neues Handy gekriegt, mit Touchscreen.«

»Ich meinte, wie es dir sonst geht?«

»Gut.«

»Sis, alles in Ordnung mit dir?«

»Klar.«

»Gib mir mal Papa.« Und dann sagte Kim noch: »Mach's gut, bis bald. Ich freu mich auf dich.«

Ich war zwar sehr erleichtert, dass sie das jetzt sagte, aber auch immer noch traurig.

»Ich freu mich auch«, sagte ich tonlos und reichte Papa den Hörer.

Papa lachte und scherzte mit Kim, er war total locker. Ich wunderte mich, denn so hatte ich ihn mit ihr noch nie erlebt. Er war sonst immer etwas auf Abstand, sprach mit der immer gleich freundlichen Stimme mit ihr. Nie schüttete er sich aus vor Lachen ihretwegen, nie fuhr er mal aus der Haut ihretwegen. Manchmal legte er zwar einen Arm um sie, aber trotzdem konnte ich mir nicht vorstellen, dass Kim jemals auf seinen Schultern gesessen hatte, so wie ich, als ich ein kleines Mädchen gewesen war. Wahrscheinlich ging es Papa gerade wie Mama, die auf dem Sofa mit Oma lachte. Ihnen tat die Pause gut. Das war nicht zu übersehen. Ich hatte gehört, wie Mama zu Papa sagte, dass sie froh sei über eine Pause mit Kim, nach all den Monaten könne sie eine Pause gut vertragen. Ich hatte nicht verstanden, was sie damit meinte. Mich schickten sie doch auch nicht weg. Dabei hätte ich es mir gut vorstellen können: ich mit Kim durch Paris. Eiffelturm und shoppen. Gut, vielleicht nicht an Weihnachten, da will ich zu Hause sein, aber sonst jederzeit.

Später, beim Essen, kam mir plötzlich der Gedanke, ob Kim wohl manchmal Heimweh nach ihrer Mutter hatte. Als wir in der

Dritten im Schullandheim waren, hatte ich auch Heimweh, zum Glück nur ganz kurz, nur an einem Abend im Bett. Plötzlich war es da, dieses schreckliche Drücken in der Brust. Und die Tränen. Am liebsten wäre ich aus dem Bett gesprungen und nach Hause gerannt. Ich sehnte mich so nach Mama. Noch nie hatte ich so leise geweint. Ob Kim manchmal auch vor Heimweh weinte?

»Und? Wie läuft es mit Kim?«, riss Oma mich aus meinen Gedanken. Ich war überrascht, dass Mama diesmal ausführlicher antwortete.

»Ist eben mit so einer Großen nicht alles so einfach«, sagte sie.

Papa reagierte gleich ziemlich scharf: »Ach, komm.«

»Was weißt denn du schon?«, explodierte Mama. »Wer regelt denn immer alles?«

»Wieso? Ich dachte, du machst es gern? Bist doch sonst auch so. Reißt dich drum, wenn's was zum Organisieren gibt.«

»Von Drum-Reißen kann hier ja wohl nicht die Rede sein!«, schnaubte Mama, legte ihr Besteck auf den Tisch und verschränkte die Arme vor der Brust. Und Papa schnaufte und schüttelte den Kopf. Sie kriegten sich richtig in die Wolle, hatten offenbar völlig vergessen, dass Oma und ich mit am Tisch saßen. Mama sprach von der großen Verantwortung, die sie auf einmal spürte, die sie aber eigentlich so gar nicht tragen wollte, niemand habe sie gefragt. Und nun sei sie allein damit. Ja genau, so sei es doch. Sie sei so was von allein mit ihrer Sorge, dass Kim etwas zustoßen könnte, wenn sie sich halbe Nächte wer-weiß-wo herumtrieb.

»Ist doch normal in dem Alter«, brummelte Papa.

Und Oma versuchte zu schlichten, sagte: »Da kommt eure Franka doch auch bald hin. Jetzt übt schon mal.« Sie lachte. Sie meinte es wohl als Spaß, aber Mama war das zu viel. Sie sprang auf, stemmte ihre Fäuste auf den Tisch und funkelte erst Oma und dann Papa an.

»Na super!«, presste sie schließlich heraus. »Schön. Dann seid ihr zwei euch wenigstens einig.« Sie lief aus dem Zimmer. Als sie später wieder bei uns am Tisch saß, tat sie, als sei nichts gewesen, und auch Oma und Papa gaben sich große Mühe, dass es wieder weihnachtlich bei uns wurde. Trotzdem ging mir den ganzen Abend lang durch den Kopf, was geschehen war.

Große Frage

Weihnachten war bestimmt schon zwei Wochen her, Kim schon längst wieder da und auch die Schule hatte wieder begonnen. Da kam Mama eines Nachmittags in mein Zimmer. Sie wollte reden. Ich wusste es gleich, als sie sich lächelnd und mit ernstem Blick auf mein Bett hockte, neben sich auf die Matratze klopfte und »Nun komm mal her« sagte. So beginnt es immer, wenn sie reden will, und meistens weiß ich, worum es geht. Diesmal nicht. Sie zog mich zu sich hin. Ich solle mir keine Sorgen machen, säuselte sie mit warmer Stimme, alles sei gut. Und sie sei froh, wirklich sehr froh, dass Kim wieder aus Paris zurück sei. Aha, daher wehte der Wind. Es ging um Weihnachten und Mama hatte ein schlechtes Gewissen.

»Du hast sie vermisst, stimmt's, Franka?«

Ich nickte.

»Ich ja eigentlich auch«, sagte Mama. »Also … vielleicht nicht so wie du und … nun ja … anders eben. Ich habe mich aber auch schon richtig an Kim gewöhnt. Und trotzdem ist vieles immer noch neu für mich. Dass sie jetzt da ist. Bei uns. Dass sie dazugehört. Das fühlt sich manchmal noch ungewohnt an. Verstehst du das?«

»Glaub schon«, sagte ich.

Mama sah auf einmal sehr erleichtert aus. »Wir haben es schön miteinander«, sagte sie. »Richtig schön, wir vier. Hach, wie das klingt – wir vier. Eine große Familie! Weißt du, so habe ich es mir eigentlich immer gewünscht. Mit mindestens zwei Kindern.«

Ich konnte erst gar nichts darauf sagen, weil ich nachdenken musste. So war das jetzt also. Mama wollte immer mehr Kinder haben als nur mich. Okay. Hatte ich so nicht gewusst. Echt nicht.

»Dann hat dir die ganze Zeit was gefehlt«, sagte ich schließlich. »Nur so mit mir.«

»Franka!« Mama fasste mich an den Schultern und hielt mich ein Stück weg von sich. »Um Himmels willen, nein! Nein! Mir hat nichts gefehlt. Überhaupt nichts. Es wäre nur schön gewesen. Auch für dich. Für dich vor allem.«

Mamas Worte hingen zitternd in der Luft. Mama hatte ja recht. Ich hatte mir immer eine Schwester gewünscht. Sie nahm mich in den Arm.

»Franka. Meine große Kleine. Wenn du Fragen hast, dann fragst du mich. Das machst du doch, ja? Ganz egal, wann.«

Ich nickte. Ich hatte tatsächlich noch eine Frage. Seit Kim bei uns wohnte, hatte ich sie tief in mir drin, meistens klein wie eine Erbse, aber manchmal sehr groß. Ganz plötzlich. So wie jetzt. Meine Frage war: Würde Papa sich irgendwann wieder trennen, diesmal von Mama, Kim und mir? Würde er es ein zweites Mal tun? Würde er sich so was trauen? Sich noch mal eine neue Familie organisieren? Früher, bevor Kim zu uns gezogen war, hatte ich nie an so was gedacht. Mama, Papa, ich. So war es. Mir kam nicht mal der Gedanke, dass es hätte anders sein können, dass zumindest die Möglichkeit bestünde. Und auch jetzt konnte ich es mir nicht vorstellen. Trotzdem lag die große Frage auf meiner Zunge.

»Mama?«, begann ich.

Sie nickte mir aufmunternd zu. Da klingelte das Telefon. Mama sprang auf und rief im Hinausgehen: »Vergiss die Frage nicht. Bin gleich zurück!«

Ich wartete. Mama war mit Telefonieren schnell fertig, kam angesaust und setzte sich neben mich. Sie sah mich aufmerksam an und versuchte in meinem Gesicht zu lesen.

»Also?«

Ich zögerte. Sollte ich wirklich? Mama kannte Papa am allerbesten. Wenn einer mir antworten konnte, dann sie. Aber dann war ich doch zu feige. Und so fragte ich sie: »Wohin fahren wir eigentlich im Sommer in den Urlaub? Ich meine, wir vier?«

Mama blies die Wangen auf und pustete langsam die Luft heraus. »Wir vier? Keine Ahnung.«

Anders

Und auf einmal waren wir viel öfter zu viert. Plötzlich hatte Kim mehr Zeit als sonst. Irgendetwas war geschehen. Irgendetwas, das ich mir nicht erklären konnte. Auf einmal hörten wir sie nicht mehr dauernd mit klappernden Absätzen aus der Wohnung eilen, auf einmal hörten wir nicht mehr so oft ihren Spruch: »Ich bin dann mal weg.« Auf einmal war sie nicht mehr ständig mit ihren Freunden unterwegs. Kim hing nun auch mal zu Hause rum, hörte Musik, kochte uns was, ja, Kim kann fantastisch gut kochen. Sie war einfach da. War es das, was Mama mit »ankommen« gemeint hatte? Ich fand es herrlich. Ab und zu half Kim mir sogar bei den Hausaufgaben. In Mathe ist sie richtig gut, sie hat den totalen Durchblick. Vor allem kann sie viel besser erklären als Papa, der nie versteht, dass ich es nicht verstehe.

Ich fand, dass auch wir anders geworden waren, viel entspannter. Zum Beispiel hörten wir nicht immer gleich auf zu reden und guckten nicht gleich gespannt zur Tür, wenn Kim nach Hause kam. Und Papa schickte schon mal Mik nach Hause, wenn er und Mama ihre Ruhe haben wollten. Und einmal glaubte ich durch Kims geschlossene Tür zu hören, dass sie und Papa sich zofften. Oma allerdings hatte sich kein bisschen geändert, sie war immer noch schrecklich neugierig und löcherte Kim mit ihren Fragen. Aber Mama nahm es locker, weil Kim sich nicht daran störte und ab und zu sogar ohne Aufforderung von sich erzählte. Kim liebte mittlerweile Omas altmodische Gerichte genau wie ich.

An einem Sonntag, an dem wir alle vier zu Oma zum Essen fuhren, lud Oma Kim in ihre Küche ein, erklärte sie zu ihrer Assistentin und gemeinsam kochten und plauderten sie dort stundenlang. Oma war hin und weg, und ihre Wangen glühten, als sie die dampfenden Schüsseln auf den Tisch stellte. Nach dem Essen holte Oma ihre Schmuckschatulle aus dem Schrank, zog die kleinen Schubladen eine nach der anderen auf und griff schließlich nach einer langen, sehr dünnen Goldkette, an der ein himmelblauer, kantig geschliffener Stein hing. Vor Jahren hatte Oma mir eine ähnliche Kette geschenkt. Aquamarin. Ich habe sie noch nie getragen. Oma erhob sich nun feierlich und reichte Kim über die leeren Schüsseln hinweg die Kette.

Kim riss die Augen auf und wurde tatsächlich etwas rot. »Für mich?«, fragte sie ungläubig und nahm die Kette vorsichtig mit zwei Fingern.

»Ja«, sagte Oma. »Für dich. Ich finde, du solltest auch so eine Kette haben wie deine Schwester.« Sie ging um den Tisch herum und half Kim, die Kette um den Hals zu legen.

Kim umarmte Oma und strahlte. »Voll mein Geschmack«, sagte sie. »Total retro.« Sie trug die Kette wie einen Orden.

Mittlerweile war es Frühling. Kim wohnte nun schon fast neun Monate bei uns. Neun Monate! So lange muss ein Baby im Bauch seiner Mutter wachsen, bis es zur Welt kommt. Vielleicht hatte Kim und hatten auch wir diese neun Monate gebraucht. Als mir diese Idee kam, erzählte ich Mama davon.

»Ach du«, sagte sie und nahm mich fest in den Arm.

Erdbeerwoche

Ich wollte Kim fragen, ob wir schwimmen gehen könnten. Es war ein heißer Nachmittag. Dabei war noch nicht mal richtiger Sommer. Ich lief hinunter in den Hof, aber ich konnte sie nirgendwo entdecken.

»Hey, Sis!«

Es war Kims Stimme. Ich fuhr herum und lachte los. Kim stand im Schatten der Hauswand bis über die Hüften in der alten Regentonne. Sie trug ihren knallgelben Bikini und sah fantastisch aus.

»Schöne Abkühlung!«, rief sie und spritzte Wasser in meine Richtung. Ich war noch nie auf die Idee gekommen, in die Tonne zu steigen. Ich ging zu ihr.

»Kommst du mit schwimmen?«, fragte ich.

»Komm du mit in die Tonne!« Kim drückte sich mit dem Rücken gegen den Tonnenrand und hielt die Luft an. Ich zögerte kurz, dann schoss ich ins Haus, um meinen Badeanzug zu holen.

Das Wasser war dunkel und eiskalt. Ich japste und kiekste, als ich hineinglitt. Tonnenrand und Tonnenboden waren glitschig. Ich sah Millionen Mückenlarven im Wasser und etwas Sonnencreme schwamm ölig obendrauf.

»Stell dich nicht so an«, sagte Kim.

»Na gut«, sagte ich und ging so weit in die Knie, dass das Wasser mir bis zum Hals stand. Ich machte mit den Händen kleine Wellen. »Wir können doch gleich noch schwimmen gehen.«

»Geht nicht«, sagte Kim. »Erdbeerwoche.«

»Ach so, klar«, sagte ich, dachte an die Felder vor der Stadt, wo man die Erdbeeren selbst pflücken kann und nur das bezahlen muss, was im Körbchen ist. Essen kann man, so viel man will. Musste Kim noch zu so einem Feld? Kim sah mein dummes Gesicht und fing schallend an zu lachen.

»Ich hab meine Tage. Verstehst du, Sis? Periode. Regel. Rot. Erdbeeren sind auch rot. Erd-beer-wo-che.«

Ich stellte mich kerzengerade hin und starrte ins Wasser. Also rot war da nichts.

»Keine Angst. Ich laufe nicht aus«, sagte Kim. »Tampons. Weißt schon.« Sie grinste. »Aber ins Schwimmbad mag ich so nicht.«

»Nee, klar«, sagte ich und schwieg erst mal.

»Hab sie mit dreizehn gekriegt«, sagte Kim. »Und du? Tut sich bei dir schon was?«

»Nein.«

»Sei froh.«

»Wieso?«

»Weil du jetzt zum Beispiel ins Freibad gehen kannst.«

»Theoretisch kann ich gehen, nur theoretisch«, sagte ich und Kim lachte. So fing es an, unser Gespräch. Ich fragte Kim, ob sie Schmerzen habe.

»Jein«, sagte sie. »Es sind keine Bauchschmerzen wie sonst schon mal. Keine Pupsbauchschmerzen. Wenn du weißt, was ich meine. Es ist eher so ein Ziehen. Mal mehr, mal weniger. Ist auszuhalten.«

»Aber eklig ist es doch bestimmt. Ich meine, da läuft einfach Blut aus einem raus.«

Kim schüttelte heftig den Kopf. »Nein, eklig überhaupt nicht. Kein bisschen!«

Irgendwann wurde uns kalt in der Tonne. Wir legten uns in den Hof auf unsere Handtücher und ließen uns von der Sonne trocknen. Als wir längst schon trocken waren, redeten wir immer noch. Und ins Schwimmbad wollte ich sowieso nicht mehr.

Am Abend guckten wir einen Krimi, waren mittendrin. Es war mein erster. Mama und Papa waren beim Elternabend in meiner Schule und ich sollte eigentlich schon im Bett sein. Aber Kim hatte mir erlaubt, mit ihr zu gucken, natürlich nur, wenn ich sie später nicht verpfiff.

»Wenn du Schiss kriegst, gehst du ins Bett«, sagte Kim und warf sich ein paar Erdnüsse in den Mund.

»Mach ich«, sagte ich und starrte auf den Bildschirm.

»Und wenn du Schiss kriegst, gehst du ins Bett«, sagte sie noch mal.

»Jaha.«

»Versprich es.«

Ich versprach es. Hoch und heilig.

Anfangs fragte Kim alle paar Minuten, ob es noch gehe bei mir. Später fragte sie nicht mehr. Aber das war auch gar nicht nötig. Es ging wirklich prima, ich hatte keine Angst. Ich kapierte nur nicht, warum der finster guckende Mann die Frau dauernd verfolgte. Aber Angst hatte ich wirklich nicht. Nicht mal da, als der Mann zum Einbrecher wurde und der Frau im dunklen Keller auflauerte. Als er direkt hinter ihr stand und sie ihn immer noch nicht sah. Als er ihr die Hand auf den Mund drückte. Ich zog bloß die Decke bis ans Kinn, aber Schiss hatte ich nicht. Am Ende ging es ja gut aus. Nur nicht für den Mann der Frau. Der war nämlich tot, aber gleich schon am Anfang. Man bekam ihn gar nicht lebend zu Gesicht. Und als Leiche auch nur unscharf von der Seite. Deshalb machte es mir nichts aus. Nicht, als wir auf dem Sofa saßen. Nicht, als wir Erdnüsse und Chips knusperten. Aber dann plötzlich doch, im Bad. Dort war ich allein.

Es passierte, als ich mich tief übers Waschbecken beugte, um meinen Mund auszuspülen. Plötzlich hatte ich das Gefühl, dass jemand hinter mir stand. Ich fuhr hoch, guckte in den Spiegel, das Wasser tropfte von meinem Kinn. Natürlich war da niemand. Angst hatte ich immer noch. Ich lief zu Kim und sagte es ihr. Sie verdrehte die Augen, begleitete mich aber in mein Zimmer, deckte mich zu. Und sie setzte sich auf meine Bettkante. Ich hörte sie atmen. Langsam wurden meine Füße warm.

»Besser jetzt?«, fragte Kim leise.

Ich grunzte wohlig. Kim wollte aufstehen, aber ich griff mit beiden Händen nach ihrem Arm und zog sie zurück auf die Matratze.

»Was macht dein Bauch?«, fragte ich sie.

»Mein Bauch?«

»Erdbeerwoche«, sagte ich.

»Ach so. Alles gut«, sagte sie. Dann redeten wir nichts mehr und ich machte die Augen zu. Ich ließ Kim lange noch nicht los, weil ich es mochte, wie sie einfach nur still neben mir saß.

Ganz rum

»Halt dich am Mast fest«, sagte Kim. Der Mast war ein Besenstiel. Ich hielt mich daran fest, und das war gut so, denn das Boot schaukelte wie verrückt, als ich bloß einen Fuß hineinsetzte.

»Gut festhalten!«, rief Kim.

»Jaha!« Ich stieg ein.

Kim schlüpfte aus ihren Fransenstiefeln und warf sie und die Reisetasche ins Boot. Dann sprang sie mit nackten Füßen hinterher. Ich hatte nichts mit, keine Tasche, keine Jacke, nicht mal Schuhe an. Der Bootsrumpf war eine Badewanne und der See so klein, dass ich leicht auf die gegenüberliegende Seite hätte schwimmen können. Dort waren Berge, auf denen viel Schnee lag.

»Zieh ja nicht den Stöpsel«, sagte Kim und löste das Tau. »Wenn du den Stöpsel ziehst, sind wir verloren.«

Ich versprach, den Stöpsel nicht anzurühren.

Am Kiesstrand stand ein kleiner Ventilator, er brummte und machte Wind. Das Wasser des kleinen Sees kräuselte sich. Kim setzte das Segel. Es blähte sich auf und langsam fuhren wir los. Ein paar Enten schwammen schnatternd neben uns her.

»Wohin segeln wir?«, fragte ich.

»Einmal ganz rum«, antwortete Kim.

»Gut«, sagte ich und hockte mich auf den Wannenrand.

So begann mein Traum.

Im Traum wurde der Wind stärker, und aus dem gekräuselten Wasser wurden Wellen, hohe Wellen, und das Ufer mit den Schneebergen verschwand, weil aus dem See das Meer wurde. Einmal sah ich vor uns zwei Delfine aus dem Wasser schießen, aber nur einmal. Möwen sah ich die ganze Zeit. Kreischend flogen sie über unsere Köpfe hinweg.

Der Wind schmeckte salzig, er trieb Tränen aus unseren Augen und zog uns die Haare stramm aus dem Gesicht. Lass Haare wehn! Daher also kam der Spruch! Ich sagte es Kim und sie lachte.

Ich sah Mama klein am Ufer stehen. Sie winkte mit beiden Armen, als wollte sie ein Flugzeug dirigieren. Ich winkte nicht, weil ich mich festhalten musste. Mama formte ihre Hände zu einem Trichter und hielt sie sich vor den Mund.

»Hast du den Schirm?«, rief sie. Ich hörte ihre Stimme ganz nah, obwohl sie weit weg war.

»Klar!«, brüllte ich.

»Wozu einen Schirm?«, fragte Kim.

»Falls es regnet«, sagte ich.

Insel

»Es kann spät werden. Macht euch ’nen schönen Abend«, sagte Papa an einem Freitagabend und zog die Tür hinter sich zu. Er und Mama trafen sich mit Kollegen zum Essen und wollten danach vielleicht noch was trinken gehen, mal sehen. Das hieß, ich durfte aufbleiben, so lange ich wollte. Ich fing an, den Tisch für Kim und mich zu decken. Kim sagte, sie wolle gleich helfen, sie müsse nur kurz aufs Klo. Sie verschwand im Bad. Ich hörte ihr Handy rappeln. Kim kam erst mal nicht wieder. Ich dachte mir nichts dabei und legte Servietten auf die Teller.

»Wasser oder Schorle?«, rief ich in den Flur. Kim antwortete nicht. Als sie dann etwas später im Türrahmen stand und ich die Piratenohrringe an ihr sah, war die Sache klar. Kim war auf dem Sprung. Die Stiefel hatte sie auch schon an, die Lederjacke über der Schulter, eine große Tasche in der Hand. Sie müsse noch mal kurz weg, erklärte sie. Dringend. Sie hielt ihr Handy hoch. Sie würde sich beeilen. Und fernsehen könne ich die paar Minuten doch allein. Paar Minuten? So wie Kim aussah, würde sie die halbe Nacht unterwegs sein. Ich sagte nichts, Kim bedankte sich, lächelte lieb. Und ging. Ich schnappte nach Luft, lief ihr nach und fand dann endlich meine Stimme wieder.

»Das kannst du nicht machen!«, rief ich.

An der Tür blieb Kim stehen, schnaufte einmal tief und legte den Kopf schief. »Wie alt bist du, Franka?«

»Elf! Vor zwei Wochen geworden. Weißt du doch!« Ich war sauer.

»Na guck mal«, sagte Kim. »Das schaffst du schon.« Sie öffnete die Tür und trat hinaus in den Hausflur. Ich flitzte hinterher.

»Ich sag's Papa!«

»Scheiße«, zischte Kim.

Schweigend standen wir uns gegenüber und unsere Blicke schossen hin und her. Ich bin ja sonst keine Petze, aber das musste jetzt sein. Es war schließlich auch mein Abend. Und es war unser erster Zoff. Ich konnte sehen, wie es in Kims Kopf arbeitete.

»Also gut«, sagte sie schließlich. »Zieh dir Schuhe an.«

»Was?«

»Hol deine Schuhe. Du kommst mit.«

Kim hatte einen schnellen Schritt. Ich kam kaum hinterher. Ich fragte, wohin wir gingen, und bekam keine Antwort. Kims Laune war im Keller. Ich rannte fast und schwitzte wie wahnsinnig. Ich war heilfroh, als wir endlich in einen Bus sprangen. Leider war er proppenvoll, die Luft dick und mein Mund ganz trocken. Ich hielt mich an einer Stange fest. Hatten wir überhaupt Fahrkarten? Kim war verschwunden. Erst als der Bus beim Einkaufszentrum anhielt, sah ich sie wieder. Sie schob mich hinaus.

Die anderen warteten schon. Als sie mich sahen, guckten sie komisch. Nur Susa mit den Fussili-Locken lächelte mir zu. Ihre Haare waren wieder blond. Sah so viel besser aus. Kim tat, als sei ich nicht da. Sofort pappte sie wieder an Mik. Ich stand neben den beiden, während sie knutschten. War Miks Ring in der Lippe eigentlich gar nicht im Weg? Plötzlich tippte mich jemand von hinten an.

»Franka! Was machst 'n du hier?«

Die Stimme kannte ich. Ich fuhr herum. Es war Bonsai. Wo kam der denn auf einmal her? Ich war total erleichtert, ihn zu sehen. Dabei kannte ich ihn eigentlich überhaupt nicht. Nach dem einen Mal in Flos Flur hatte ich ihn nie wiedergesehen. Ungläubig guckte Kim von mir zu Bonsai und dann wieder zu mir.

»Ihr kennt euch?«

»Ja«, sagte ich und versuchte dabei lässig auszusehen. Bonsai boxte gegen meine Schulter. Ich grinste und fühlte mich cool.

Wir standen ziemlich lange herum und blockierten den Gehweg, dann gingen wir hinein. Ich fragte mich, was wir im Einkaufszentrum wollten, denn die meisten Läden waren gerade dabei zu schließen. Wir steuerten auf die Rolltreppe zu. Plötzlich hing einer der Jungs von außen am Handlauf und ließ sich mit hochziehen. Ich blieb unten stehen und hielt die Luft an. Was sollte das denn werden? Gleich baumelte er über dem Wasserbecken mit Springbrunnen, gleich würde sich die Aufwärtsrolltreppe mit der Abwärtsrolltreppe kreuzen. Der Kerl musste irgendwann loslassen. Ich stand wie eingefroren da. Da rief er: »Hepp«, schwang sich über den Handlauf und polterte auf die Treppe. Die anderen johlten und klatschten. Ich fuhr nun auch nach oben. Die Eisdiele hatte noch auf und Bonsai spendierte mir eine Kugel Schokoeis.

Danach wurde es langweilig, weil wir kreuz und quer durch die Stadt kurvten. U-Bahn, Bus, wieder U-Bahn und so weiter. Die anderen quatschten und lachten über mich hinweg. Und Kim saß auf Miks Schoß. Dabei gab es noch genügend freie Plätze. »Aussteigen«, rief Kim da im Kommandoton, sprang auf und zog mich am Arm aus der Bahn. War sie hier der Chef? Ich war müde, hatte Hunger und keine Ahnung, wo wir waren. Wir gingen ein ganzes Stück an einer großen, befahrenen Straße entlang und bogen schließlich ab in einen Park, der riesig war. Langsam wurde es dunkel, die Parklaternen leuchteten gelb auf unseren Weg. Und der Kies knirschte unter unseren Füßen. Hier war es eigentlich ganz nett. Susa ging plötzlich neben mir und hielt mir eine Tüte Chips unter die Nase.

»Vegan!«, meinte sie. »Ganz ohne Tiere.«

»Ach, echt?« Ich hatte ehrlich gedacht, Chips seien immer nur aus Kartoffeln gemacht. Ich probierte zwei. Sie krachten in meinem Mund. Susa hatte mich fest im Blick.

»Super, was?«, sagte sie.

»Jooa«, sagte ich. Ich fand, die Chips schmeckten so, wie Chips immer schmecken. Susa erklärte, dass sie gerade erst angefangen habe, Veganerin zu sein, und dass sie später noch was anderes werden wolle. Irgendwas *mit* Tieren.

Ein paar fingen an, Fangen zu spielen, und tickten auch mich an. Wir rannten über die Wiese, keiner trat in einen Hundehaufen, wir hatten Spaß. Und auf einmal war da ein Spielplatz mit hohen Bäumen drum herum. Er war menschenleer und von zwei Parklaternen beleuchtet.

Einer der Jungs breitete seine Arme aus und rief: »Tatatataaa! Überraschung für die kleine Schwester!«

»Ha, ha«, sagte ich und rollte die Augen.

Es war ein Spielplatz für Kleine. Kim und alle anderen stolperten durch den Sand und stürzten sich kreischend auf die Geräte. Ich setzte mich auf eine Bank am Rand, legte die Hände in den Schoß und guckte zu. Mit viel zu langen Beinen zwirbelten sie sich auf viel zu kleinen Schaukeln ein, mit viel zu langen Armen hingen sie an Seilbrücken, die Knie im Sand, und mit viel zu viel Schwung brachten sie das Karussell fast zum Abheben. Mik sah von allen am dämlichsten aus. Gekrümmt hockte er auf einem von diesen bunten Wackel-Holzpferden, wie sie in Fußgängerzonen herumstehen. Er schaukelte wild von rechts nach links, seine Schultern berührten abwechselnd den Boden. Und sein Lachen knatterte über den Platz. Ich wartete nur darauf, dass die

Riesenfeder aus der Verankerung riss und das Pferd mit Mik über den Platz schoss. Ich hoffte, dass es passieren würde. Leider geschah es nicht.

Kim ließ sich atemlos neben mich fallen und nickte hinüber zu Mik. »Witzig, was?«

Ich zuckte mit den Schultern.

»Hunger?« Sie hielt mir ihre geöffnete Tasche hin. Ich wühlte darin herum. Chips, Bananen, Wasser, Badeanzug, Salzcracker, Handtuch. Badeanzug? Ich nahm die Tüte Cracker und eine Banane aus der Tasche und riss die Tüte auf. Ich war halb verhungert.

»Wozu hast du den Badeanzug mit?«, fragte ich Kim.

»Probier das mal«, sagte da ein Kerl mit grüner Kappe und hielt mir eine Flasche Bier vors Gesicht. Ich zuckte zurück.

»Spinnst du?« Kim schoss hoch und schubste ihn weg.

Ich dachte, sie würde ihm eine knallen, aber der Typ hob schnell die Hände und trollte sich lachend. In einigem Abstand von uns stellte er sich breitbeinig in den Sand, Kopf in den Nacken, schaukelte vor und zurück, während er das Bier in seinen Mund laufen ließ.

»Idiot«, sagte Kim, kam zurück zu mir und knuffte mich in die Seite. »Und sonst?«

Sie klang zuckersüß.

»Ganz gut«, sagte ich und versuchte ein Lächeln. Aber es stimmte nicht. Ich wäre gerne nach Hause gefahren, am liebsten sofort.

»Prima!« Kim schlug mir fröhlich aufs Bein. »Wir haben ja auch noch was vor.«

Ich schluckte. »Was denn?«

»Du darfst mit auf die Insel!« Kim sah mich an, als hätte ich was Tolles gewonnen. Sie stand auf und rief und winkte die Horde zusammen.

›Insel, Pirateninsel‹, dachte ich. ›Palmen und Dschungel. Und Affengebrüll.‹

Wir verließen den Park und fuhren mit dem Bus nur bis zum Freibad. Zu unserem Freibad. Natürlich war es zu. Hätte ich ihnen gleich sagen können. Wir standen am Eingang vor dem verrammelten Kassenhäuschen und guckten durchs Gittertor. Dann gingen wir langsam am Zaun entlang in Richtung nächster U-Bahn-Station, spazierten, schlenderten, als hätten wir nichts vor. Dabei war alles schon klar, alles schon besprochen und ausgemacht. Nur ich wusste von nichts. Und plötzlich zischte der Rolltreppenturner von eben mit einem »Hopp, jetzt!« an mir vorbei. Er war schneller über den Zaun, als ich gucken konnte. Ein paar machten es ihm sofort nach, nicht ganz so flink und geschickt, aber sie schafften es. Und plötzlich schwebte ich durch die Luft, getragen und geschoben von Händen, kiekste: »Hilfe«, und kniff die Augen zu. Als ich sie wieder öffnete, hockte ich im Gras auf der anderen Zaunseite. Das war bestimmt verboten. Bonsai lachte mir ins Gesicht.

Wir raschelten durch die Büsche am Zaun, ein paar hatten Taschenlampen dabei. Wir gingen über die große Liegewiese und steuerten das Planschbecken an. Das Babybecken! Jetzt bei Nacht sah es aus wie ein kleiner See, man konnte meinen, die Palme sei nicht aus Plastik, sondern echt und auf der kleinen Insel mittendrin tatsächlich gewachsen. Insel, Pirateninsel. Auch ich zog die Schuhe aus, wickelte meinen Rock um den Po und watete durchs Wasser. Es war pipiwarm und der Mond schien hell. Ein paar hatten Holz mitgebracht, sie warfen es auf einen Haufen und zündeten es an. Und plötzlich knisterte ein kleines Lagerfeuer auf der Insel. Wir rückten zusammen und unsere Gesichter glänzten und wurden ganz warm vom Feuer. Für einige war das wohl romantisch. Jedenfalls fingen sie an zu knutschen. Mik und

Kim zum Glück nicht. Mik saß ausnahmsweise mal nicht neben Kim. Mehrere Flaschen machten die Runde, ich trank nicht daraus, weil die Flaschen alle grässlich nach Alkohol rochen.

Dann und wann verschwanden ein paar aus der Gruppe in der Dunkelheit, ich hörte es lachen und platschen und nach einiger Zeit kamen sie mit nassen Haaren und in Handtücher gewickelt zurück. Als Kim allein zum großen Becken lief, rannte ich ihr nach. Ich wartete neben dem Busch, hinter dem sie sich umzog, hockte mich dann an den Beckenrand und ließ die Beine ins Wasser baumeln. Kim stürzte sich kopfüber ins Wasser, lautlos, elegant. Wie ein Delfin. Nachdem sie ein paar Bahnen geschwommen war und ihre Kleider wieder angezogen hatte, spazierten wir zurück zu den anderen. Kim rubbelte ihre Haare trocken, legte sich das Handtuch um die Schultern und setzte sich wieder ans Feuer neben mich. Ihr Arm berührte meinen. Er war ganz kalt. Sie zündete sich eine Zigarette an und blies den Rauch in den dunklen, klaren Himmel, an dem die Sterne funkelten. Dann guckte sie mich an und flüsterte: »Herrlich, nicht?«

Ich nickte stumm. Dabei fand ich es gar nicht herrlich, sondern nur ganz okay.

Einige schienen auf einmal sehr erschöpft zu sein. Sie kippten einfach weg, lagen neben- oder halb übereinander am Feuer und schliefen. Andere hörten nicht auf zu lachen oder zu knutschen. Und plötzlich wurde es laut, weil zwei Jungs anfingen zu singen. Sie standen im Planschbecken, hatten sich gegenseitig die Arme um die Hüften gelegt und grölten Lieder. Kim rief, sie sollten die Klappe halten, und auch Bonsai schimpfte, aber sie hörten nicht auf. Schließlich pinkelte einer von ihnen ins Becken.

»Das reicht«, zischte Kim, stand auf und zog mich an der Hand hinter sich her. Bonsai ging mit uns. Mik kam uns mit großen Sprüngen nachgelaufen, meinte, Kim solle sich nicht so anstellen.

Kim ließ Bonsai und mich kurz stehen, schweigend warteten wir und hörten, wie Kim und Mik laut diskutierten. Mir kam es so vor, als ginge es nicht nur um den Pinkler. Dann sah ich, wie Kim Mik einen Vogel zeigte. Mik schimpfte und ging zurück zu den anderen. Bonsai begleitete Kim und mich noch bis zum Zaun und half uns hinüber.

Endlich saß ich neben Kim in der hell beleuchteten U-Bahn, mir fielen die Augen zu, aber ich schlief nicht. Mein Kopf lehnte an Kims Schulter, sie hielt die ganze Zeit meine Hand. Als wir ausstiegen, konnte ich kaum gehen, ich spürte meine Beine fast nicht mehr. Die Luft war nachtkühl und legte sich feucht auf meine Haut. Ich fror. Kim gab mir ihre Jacke. Unglaublich, wie schwer dieses Lederding war. Ich hatte das Gefühl, mit jedem Schritt ein Stück mehr im Asphalt zu versinken. Zum Glück schlang Kim ihren Arm fest um mich herum, sie trug mich halb. Piratenschwester. Meine.

Am nächsten Tag, als ich aufwachte, war es fast schon Mittag. Meine Haare rochen nach Lagerfeuer.

»Na? Hattet ihr einen schönen Abend gestern?«, fragte Mama, als ich in die Küche kam.

Ich rieb mir den Schlaf aus den Augen. Kim guckte mich über den Rand ihrer Kaffeetasse an. »Klar«, sagte ich und setzte mich.

Da klingelte das Telefon. Es war Flo. Ich ging hinüber in mein Zimmer. Flo wusste schon alles und war schwer beeindruckt. Bonsai hatte es noch in der Nacht an Chris gemeldet und der am Morgen natürlich gleich an Flo.

»Aber jetzt erzähl du erst mal«, sagte Flo.

Ich machte es mir auf meinem Bett gemütlich. Beine hoch, Kissen im Nacken. Dann fing ich an zu erzählen und war eine Heldin.

Zwei Hosen

Am Nachmittag nach dieser Nacht im Freibad gingen wir shoppen, nur Kim und ich. »Guckt mal, ob ihr was Schönes für dich findet«, hatte Mama gesagt und mir ordentlich Geld mitgegeben. Ich wuchs gerade aus allem heraus.

Mit einem Berg Klamotten verschwand ich in der Kabine. Hose an, Hose aus und so weiter. Und Kim schleppte lachend dauernd Neues heran. Mit zwei Hosen, drei Shirts, einem Rock und Socken verließen wir schließlich den Laden und kauften uns jeder noch ein Eis, mit dem wir uns auf eine Bank in der Fußgängerzone erschöpft fallen ließen. Ich war total glücklich.

Zu Hause fiel mir auf, dass wir nur für mich geguckt hatten und Kim leer ausgegangen war. Mir tat es leid. Ich sagte es Kim. Aber sie winkte ab, sagte, dass sie sich erst vor Kurzem was gekauft hatte. Ich wusste gleich, was sie meinte. T-Shirt, weiß, mit einem grauen Balken quer drüber. Ursprünglich 9 Euro 95, reduziert fünf. Als ich es vor ein paar Tagen heimlich aus ihrem Schrank geholt und anprobiert hatte, war das Preisschild noch daran. Jetzt hing es über ihrem Stuhl.

»Willst mal sehen?«, fragte Kim und schnappte es sich.

»Äh … klar«, stotterte ich und tat überrascht, als Kim es vor mir auseinanderfaltete, machte große Augen und sagte: »Oh, toll!« Ich kam mir ziemlich blöd dabei vor. Und ein bisschen schämte ich mich auch.

»Setz dich doch«, sagte Kim und deutete auf ihr Bett.

Ich setzte mich auf die Kante und konnte nicht fassen, was dann kam. Kim öffnete ihren Schrank.

»Guck mal das Shirt und das mit dem Kragen. Und wie findest du das?« Kim zog alles Mögliche heraus und warf es mir zu. »Zieh mal an!«

Ich zog es an. Erst verdattert, dann aber ging es wie von selbst. Ich zog alles an. Durcheinander. Übereinander. Konnte es nicht glauben. Probierte noch mehr. Jetzt mit Summen und Singen und mit Applaus. Und mit Hüftenschwingen. Yeah! Wahnsinn! Und Kim stellte Musik an und warf mir Kusshände zu.

So hätte es bleiben können, so wild und verrückt und so leicht. So hätte es immer und immer bleiben können. Und im Sommer wären wir zusammen nach Dänemark gefahren. Wir vier. Und ich hätte mir mit Kim ein Bad geteilt. Papa hatte für uns auf einer dänischen Insel eine Wohnung mit zwei Bädern gebucht. Und irgendwann später, viel später, wäre ich mit Kim um die Welt gesegelt oder zumindest mit ihr nach Paris gefahren. Weil wir Schwestern sind. Piratenschwestern.

Aber das wird nun nie passieren. Nie, nie! Weil es nicht blieb, wie es war. Weil ich es vermasselte.

Weil ich es kaputt machte.

Ja, verdammt!

Weil ich alles kaputt machte.

Schlamassel

Mit Kims Piratenohrringen fing der ganze Schlamassel an. Diese Ohrringe heißen übrigens Creolen. Cre-o-len. Es war wirklich nicht leicht, sie in meine Ohrlöcher zu bekommen. Kim hatte vergessen sie wegzuräumen, sie waren im Bad auf der Ablage unterm Spiegel. Vorsichtig nahm ich sie und legte sie in meine Hand. Sie waren ganz leicht. Ich zog meine Ohrstecker heraus. Ich darf leider nur Stecker haben. Blümchen, Herzchen, Delfinchen. Minimini. Hach ja. Mama sagt, Hängeohrringe seien nur was für größere Mädchen, frühestens ab zwölf. Keine Ahnung, wo sie den Blödsinn herhat.

Erst wusste ich gar nicht, wie man die Dinger öffnete. Aber dann fand ich es heraus. Ich zog einen Ohrring einfach vorsichtig auseinander und – oh Wunder – er öffnete sich. Das eine Ende sah aus wie eine lange, gebogene Nadel. Die musste durchs Ohrloch. Ich schob sie hinein. Es pikste, tat auch weh, weil ich den Lochausgang nicht gleich fand und ich lange stochern musste. Das Ohrläppchen lief rot an, aber es blutete nicht. Beim zweiten Ohrring klappte es besser. Ich fasste meine Haare im Nacken zusammen und guckte mich im Spiegel an. Den Hals machte ich ganz lang, sonst hätten die Ohrringe fast meine Schultern berührt. Wahnsinn! Der helle Wahnsinn! Ich konnte nicht aufhören, mich anzugucken. Es war eindeutig, wo es hinging mit mir. Ich holte mein Fläschchen Nagellack aus meinem Zimmer und lackierte meine Fußnägel türkis.

Dann bekam ich Durst, ging hinüber in die Küche. Saft und Wasser, halb halb. Trank, guckte herum und sah die Tüte. Sie lag sauber zusammengefaltet auf dem Küchentisch. Ich nahm sie, öffnete sie, entdeckte den Kassenzettel. Las: »Bluse gestreift. 14 Euro 99«. Ich hätte den Zettel zurück in die Tüte werfen und die Tüte wieder auf den Tisch legen können. Dann hätte ich die Ohrringe herausmachen und ins Bad bringen und danach in mein Zimmer gehen können. Oder ins Wohnzimmer. Ich hätte auch im Bad bleiben können. Stundenlang. Hätte nichts gemacht, wäre nichts passiert.

Aber nein, was machte ich? Lief hinüber zu Kim. Und Schrank auf und Bluse gesucht und gefunden und anprobiert und Musik aufgedreht. Und so bescheuert, so plemplem!

Ich hatte gedacht, Kim käme erst viel später zurück, nicht mitten in der Nacht natürlich, weil am Tag vorher Dienstag war, da kam sie nie ganz so spät, aber immer viel später als ich und auch später als Papa. Ich hatte gedacht, frühestens nach dem Abendessen sei sie wieder zu Hause. Allerfrühestens. Und lag damit so was von daneben.

Sie stand plötzlich im Zimmer, stand einfach hinter mir wie hereingeweht. Ich sah sie im Spiegel.

›Oh nein!‹, dachte ich nur. ›Oh nein!‹ Langsam drehte ich mich um. Ich hatte nichts gehört, keinen Schlüssel, keine Schritte. Wie denn auch? Die Musik wummerte immer noch. Ich hatte mich so sicher gefühlt. Ich starrte Kim an, wartete darauf, dass sie einen Anfall bekommen, mich anbrüllen würde. Aber sie schrie nicht, sagte keinen Ton, stand nur mit hängenden Armen vor mir, ihr Blick ging in meine Richtung, aber durch mich hindurch. Ihr Blick war trüb. Mir wurde ganz anders. Und ich schämte mich so. Ich zischte an ihr vorbei und aus ihrem Zimmer hinüber zu mir. Tür zu.

Kerzengerade hockte ich auf meinem Bett, zitterte, weinte. Lauschte. Wartete, dass sie herüberkam zu mir. Hatte Angst.

Ich hörte Schritte.

Ich hörte, wie die Musik ausging.

Dann wieder Schritte. Schritte im Flur.

Und dann hörte ich, wie die Wohnungstür zufiel. Wumm! Kim war einfach gegangen.

Ich warf mich rücklings auf mein Bett und starrte die Decke an. Sicher würde sie gleich zu Mik und den anderen düsen, ihnen von der miesen kleinen Schwester erzählen. Und Susa würde ihre Fussili-Locken schütteln und sagen: »Hätte ich von Franka echt nicht gedacht.« Und alle würden nicken, auch Kim. Wieder liefen Tränen über mein Gesicht. Sie waren ganz heiß. Ich fühlte mich krank.

Sehr viel später hörte ich einen Schlüssel in der Tür. Mama! Ich sprang vom Bett. Kurz war mir schwindelig. Ich wischte mir mit beiden Händen über mein Gesicht. Als ich in den Flur trat, versuchte ich so auszusehen wie immer. Mama fragte, ob ich geschlafen hätte, ich sähe so aus. Ich murmelte was von »kurz eingenickt« und »gar nicht gemerkt«, huschte schnell ins Bad und wusch mein Gesicht.

Nachdem Mama ihre Einkäufe verstaut hatte, fing sie an in der Küche zu bügeln. Ich nahm mir was zu trinken, setzte mich an den Tisch und sah ihr dabei zu. Mama hatte mir ein meterlanges Kaugummiband mitgebracht, das lecker nach Zitrone schmeckte, und draußen schien die Sonne, und eigentlich war es ein herrlicher Tag. Zu allem Überfluss fing Mama auch noch vom Sommerurlaub an. Wie sehr sie sich darauf freue. Zwei Wochen Dänemark mit uns allen! Und es war ja gar nicht lange bis dahin. Als Mama dann ein T-Shirt von Kim auf dem Bügelbrett ausbreitete und glatt strich, hielt ich es nicht mehr aus. Ich lief zu ihr, umarmte sie von hinten und drückte meine Nase an ihren Rücken. Aber der Kloß, der schon die ganze Zeit in meinem Hals war, wurde und wurde nicht kleiner.

»Na, du«, sagte Mama und streichelte über meinen Kopf. »Sind denn deine Hausaufgaben schon fertig?«

Hausaufgaben! Die hatte ich ganz vergessen. Ich ging in mein Zimmer, setzte mich an den Schreibtisch und starrte stumpf gegen die Wand. Wenig später hörte ich Mamas Schritte im Flur. Und dann hörte ich, wie sie an eine Tür klopfte.

»Kim, bist du da?«

Ich hielt die Luft an. Mamas Schritte entfernten sich wieder. Ich stand auf, schlich zu meiner Tür, öffnete sie einen Spalt und spähte hinaus in den Flur. Da lag ein kleiner Stapel frisch gebügelter Wäsche vor Kims Tür. Wenn Kim nicht da ist, betritt Mama nie ihr Zimmer. Als Papa nach Hause kam, lag der Stapel immer noch da, auch als wir gegessen hatten, und noch später, als ich mir das Nachthemd anzog und die Zähne putzte.

»Hat Kim gesagt, wann sie heute kommt?«, fragte mich Mama.

»Nein«, sagte ich.

Ich konnte nicht einschlafen. War es wirklich so schlimm, was ich getan hatte? Ich hatte doch nur ein paar Sachen anprobiert und nichts geklaut. Aber dachte Kim das vielleicht? Dass ich eine Diebin war? Ich wälzte mich im Bett hin und her, fing an zu schwitzen, deckte mich auf, fror, deckte mich wieder zu. Ich hörte, wie jemand den Flur entlangging. Wasser rauschte im Bad. Dann wieder Schritte. Ich hörte Papa niesen und einmal klingelte das Telefon. Dann war es wieder still. Ich spitzte die Ohren. Aber es blieb still. Ich schlug die Decke zurück, stieg aus dem Bett und schlich hinaus in den Flur. Ich hatte gehofft, dass der Stapel Wäsche vor Kims Zimmer weggeräumt, dass Kim also doch noch gekommen war. Aber er lag immer noch da.

Auf Zehenspitzen ging ich bis zum Wohnzimmer. Ich legte mein Ohr an die geschlossene Tür und hörte dahinter Mama und Papa leise reden. Ich hörte ihre Stimmen, aber verstand kein Wort. Ich seufzte leise und beschloss, wieder ins Bett zu gehen. Als ich an Kims Zimmer vorbeikam, legte ich meine Hand auf die Klinke und drückte sie hinunter. Zu. Es traf mich wie ein Schlag. Die Tür war zu! Zu! Kim hatte noch nie ihr Zimmer abgeschlossen. Ich schoss in mein Zimmer, warf mich ins Bett und zog die Decke über meinen Kopf.

HEUTE

Fast noch Nacht

Lautlos schlich ich aus meinem Zimmer, weil ich niemanden wecken wollte, tastete mich über den Flur zu Kims Zimmer, schon zum x-ten Mal in dieser Nacht. Vielleicht war Kim doch noch nach Hause gekommen, und ich hatte es nicht gehört, weil Piratinnen wie Katzen schleichen. Jetzt schlich ich. Immer noch lag der Stapel Wäsche vor ihrer Tür. Ich umfasste die Klinke und drückte sie vorsichtig hinunter. Zu. Immer noch zu. Mist! Verdammter Mist! Ganz leise klopfte ich an ihre Tür. Nichts rührte sich. Natürlich nicht. Ich schlich zurück in mein Zimmer. Guckte auf meinen Wecker. 5 Uhr 22. Ich legte mich wieder hin.

Kim war oft nicht da. Aber jetzt war sie weg. Das war was anderes. Sonst war sie immer nach Hause gekommen. Irgendwann. Am Abend. In der Nacht. Wann endet eigentlich der Abend und wann beginnt die Nacht? Ich kenne mich da nicht aus. Jedenfalls war bereits Morgen, schon richtiger Tag und Mittwoch und Schule. Da musste sie doch auch hin! Ich fand, sie übertrieb.

Ich zog meine Bettdecke weit hoch und ließ die Sommermorgenluft an meine Zehen. Zum Glück war es schon Sommer. Wenigstens das. Da erfror sie schon mal nicht. »Bleib mal locker«, hätte Flo jetzt gesagt. »Ist doch normal in dem Alter.« Das wäre als Erstes gekommen. Und dann: »Die hat den Tag mit der Nacht verwechselt.« Oder: »Die hat sich im Einkaufszentrum mit ein paar Leuten einschließen lassen.« Irgend so was hätte Flo mir erzählt, irgendwas, das nach Blödsinn klang, aber dann doch immer stimmte. Nur diesmal nicht. Weil es nicht mit Kim zu tun hatte, sondern mit mir. Weil ich es vermasselt hatte.

Es war ein komisches Gefühl, mit offenen Augen ins Dunkel zu starren. Das Dunkel ist wie das Nichts, unendlich groß, und es verschluckt alles, was in ihm ist. Mich verschluckte es auch. Ich hob einen Arm, sah ihn nicht. Eigentlich war ich gar nicht mehr da. Und Kim? Wo war Kim? Ich sah sie mit Mik und ein paar Freunden an einem Flussufer sitzen, an einem kleinen Feuer. Das hat sie die ganze Nacht gewärmt. Und jetzt haben sie Hunger. Und weil der Bäcker noch nicht aufhat, brät Kim zum Frühstück einen Fisch, den sie gerade im Fluss gefangen hat. Mit der bloßen Hand hat sie den gefangen. Piratinnen können so was.

Ich überlegte: ›Vielleicht hat Kim sich aber auch in den Zug gesetzt und ist nach Paris gefahren. Paris ist nicht aus der Welt.‹ Aber dann hätte Anne sich doch schon längst gemeldet. Sie will doch auch nicht, dass wir uns Sorgen machen. Wie hält sie es überhaupt ohne Kim aus? Mama würde verrückt werden ohne mich, drei, vier Tage höchstens würde sie es aushalten, Papa etwas länger, aber auch nicht ewig. Und Kim? Würde sie mich irgendwann vermissen? Immerhin bin ich ihre Schwester. Denkt sie daran überhaupt manchmal? Dass ich ihre Schwester bin?

Und ich fragte mich: ›Woran merke ich eigentlich, dass jemand mir wirklich nah ist, so nah wie Mama, Papa oder Oma?‹ Ich musste eine Weile überlegen, dann wusste ich es. Mir ist jemand wirklich nah, wenn er die Reste freiwillig von meinem Teller isst.

Draußen fuhr ein Bus vorbei. Und die Vögel zwitscherten wie verrückt. Das war beruhigend irgendwie.

Aufstehen

Mama streichelte sanft meinen Nacken, und ich tat so, als ob ich gerade erst aufwachte. Grunzte, blinzelte, streckte die Arme. Ich machte es gut. Mama merkte nicht, dass ich ewig schon wach war. Hatte ich überhaupt geschlafen?

»Guten Morgen, Franka«, flüsterte Mama. »Aufstehen.«

Ihre Stimme klang wie immer. Sie beugte sich über mich und küsste mich auf die Wange. Dabei fielen ihre Haare auf mein Gesicht. Das kitzelte. Mama strich mir noch mal kurz über den Kopf. Dann stand sie auf, zog rappelnd den Rollladen hoch und ging aus dem Zimmer. Erst dann öffnete ich die Augen.

Meine Sachen lagen wie immer im Bad. Sonst zog Kim sich immer vor mir an, weil sie früher losmusste als ich. Sonst ließ sie immer noch was im Bad liegen, einen Strumpf, eine Bürste. Oder wenigstens roch es nach ihr.

Heute aber lag nichts herum und alle Handtücher waren noch trocken. Ich wusch mich und schlüpfte schnell in meine Kleider. Mein Blick fiel auf die Uhr im Bad. Mama hatte mich viel zu früh geweckt.

Ich mühte mich ab mit meinen Haaren und zum ersten Mal in meinem Leben dachte ich: ›Die müssen runter. Ich will sie kurz haben, piratenkurz, so wie Kim.‹

Ich stellte mir vor, wie ich beim Friseur sitze und genauso wie jetzt in den Spiegel gucke. Und hinter mir steht Alina, die

Friseurin, die mit ihren Fingern durch mein Haar fährt und es sich dabei genau ansieht.

»Wie immer Spitzen schneiden?«, fragt sie.

»Diesmal nicht«, sage ich. »Ich will es kurz haben, richtig kurz, mit Ohren frei.«

Und Alina lacht, weil sie glaubt, ich veräppele sie. Aber ich sage, dass ich es nur so will und nicht anders. Und Alina wird ganz ernst, mit großer Falte auf der Stirn, und endlich fängt sie an. Schnipp … schnipp … schnipp. Zögernd und vorsichtig. Die Schere kalt an meinem Ohr. Aber dann: Schnippschnippschnipp-schnipp. Der Boden um meinen Sessel herum ist bald schon bedeckt mit meinen Haaren, mit meinen langen hellbraunen Haaren. Flo wird später sagen, dass ich mutig war, und Oma wird in Ohnmacht fallen. Und ich werde mich kaputtlachen und einfach nur schön sein. Piratinnenschön.

Ich verließ das Bad. Vor Kims Tür blieb ich kurz stehen, die Fußspitze an ihrem Wäschestapel. Ich drückte die Klinke hinunter. Zu. Was sonst? Ich nahm mir vor, gleich beim Frühstück von gestern zu erzählen. Dass Kim mich erwischt hatte. An ihrem Schrank. Und dass sie danach verschwunden war. Vielleicht würde es mir dann besser gehen.

Ich war schon fast an der Küchentür, da hörte ich, wie Papa sagte: »Wieder nur die Mailbox. Wieso geht sie nicht ran?«

Und Mama: »Vielleicht hat sie das Handy aus.«

»Aber es hat doch geklingelt.«

»Ich weiß auch nicht.«

»Wir müssen Anne benachrichtigen«, sagte Papa. »Was meinst du? Immerhin ist sie ihre Mutter.«

Ich blieb stehen, beugte mich vor und lauschte angestrengt. Mama sagte: »Ja!«, und »Das auf jeden Fall!«, und dann fragte sie, ob man nicht auch besser gleich die Polizei einschalten müsse.

Die Polizei? Der Schreck hockte plötzlich in meinem Bauch und fing an zu pochen. Die waren ja wohl verrückt geworden! Nichts würde ich sagen. Kein Wort! Nicht, wenn sie die Polizei holten. In meinen Ohren fing es an zu rauschen, und ich konnte nicht hören, was Papa antwortete.

Ich machte kehrt und lief zurück ins Bad. Plötzlich hatte ich schreckliche Angst, dass Kims rotes Badschränkchen leer sein, dass Kim es ausgeräumt haben könnte. Ich öffnete es. Cremes, Deo, Wimperntusche und alles. Sie war nicht auf und davon! Wenn man türmt, nimmt man was mit. Oder?

Ich ging zur Küche zurück und blieb vor der halb geöffneten Tür stehen.

»Hast du's bei Mik noch mal probiert?«, hörte ich Mama Papa fragen.

»Klar«, antwortete Papa.

»Und?«

»Er war irgendwie komisch.«

»Ist der doch immer.«

»Findest du?«

»Schon«, sagte Mama.

»So?«

»Ja, und? Weiß er, wo Kim sein könnte?«

»Nein«, sagte Papa. »Das heißt, ich glaube, er weiß es nicht. Ich habe ihn nicht danach gefragt, nicht direkt. Jedenfalls ist sie nicht bei ihm. Das hat er gesagt. Dass sie nicht bei ihm ist.«

Ich drückte die Küchentür auf.

Frühstück

Papa lächelte über seine Zeitung hinweg. Er war noch im Schlafanzug genau wie Mama, die gerade mit dem Rücken zu mir am Toaster stand. Es machte »zing«, Mama fing die Brotscheiben auf und drehte sich um. Ich sah, dass sie geweint hatte. Ich hätte jetzt gerne gesagt, dass im Badschrank noch Kims Sachen waren. Vielleicht hätte sie das ein wenig beruhigt. Aber ich sagte nichts. Als Mama Luft zum Sprechen holte, wurde mir ganz komisch. Aber sie sagte nur zu mir: »Ach guck mal an. Das T-Shirt ist doch vom letzten Sommer. Es wächst wohl mit?«

Und ihre Stimme klang wie immer und passte nicht zu ihren verheulten Augen. Und Papa legte die Zeitung weg und begann sein Müsli zu löffeln. Ich setzte mich, fing an zu zittern tief unten in mir drin und dachte: ›Wieso sagt jetzt keiner: ›Pass mal auf, Franka, Kim ist weg. Wir müssen sie suchen. Wir machen das mal eben zusammen, wir bekommen das hin.‹?‹ Wieso hörte Papa nicht endlich auf zu löffeln und zu schlürfen, wieso war er an so einem Tag nicht schon längst geduscht und angezogen, und wieso krempelte er jetzt nicht, verdammt noch mal, die Ärmel hoch und nahm das mal eben in die Hand? Muss er doch sonst auch, im Büro vor allem. Immerhin ist Papa dafür verantwortlich, dass Häuser nicht zusammenkrachen. Das ist doch was! Für Hochhäuser, halbe Wolkenkratzer mit hundert Menschen darin, rechnet er alles aus, damit nichts passiert. Und kann es.

Und jetzt? Warum packte er es jetzt nicht an? Weil es nichts mit Mathe zu tun hatte?

Mein Kopf fühlte sich an wie in Watte gepackt und ich dachte: ›Vielleicht ist ja doch gar nichts passiert und ich habe alles nur geträumt und Kim ist schon längst auf dem Weg zur Schule. Und ihre Tür hat sie nur mal so abgeschlossen.‹ Und ich sagte: »Kim ist schon weg, oder?«

Beide guckten mich an. Große Augen. Und für einen Moment stand die Zeit still. Aber dann redeten sie plötzlich los, wie auf Kommando, als hätte jemand gleichzeitig zwei Radios angestellt. Und ich wusste nicht, wem ich zuerst zuhören sollte. Ich strich Marmelade auf eine Toastecke, biss ab, kaute, schluckte. Spülte nach mit Kakao, trank die ganze Tasse in einem Zug aus. Mehr kriegte ich nicht runter. Ich legte die angebissene Toastscheibe auf meinen Teller und guckte zu Papa, weil er plötzlich nur noch sprach.

»Mach dir auf keinen Fall Sorgen«, sagte er und sah mich eindringlich an. Unter seinem linken Auge zuckte es. »Verunglückt ist sie nicht. Definitiv nicht. Man hätte uns Bescheid gesagt. Sie ist einfach nur mal nicht nach Hause gekommen. In dem Alter passiert das schon mal. Hörst du, das ist in dem Alter ganz normal. Und die Wahrscheinlichkeit, dass ihr was passiert ist, geht gegen null.«

Ich verstand das alles nicht. Ich wollte Papa anschreien: Warum ist bei Jugendlichen eigentlich immer alles normal? Wieso dürfen Jugendliche immer erst alles und dann holt ihr doch die Polizei? Dumm seid ihr, so dumm, und viel zu langsam, weil ihr erst reagiert, wenn alles schon passiert ist. Wenn die Piratin schon auf und davon ist, über alle Meere, erst dann macht ihr was. Und überhaupt: Was weiß die Polizei schon von Piratinnen? Wieso fragt ihr nicht erst mal mich? Fragt mich, los, fragt! Wer war mit Kim nachts im Freibad? Wer hat sie gestern zuletzt gesehen? Ich könnte euch was erzählen!

»Du siehst müde aus«, sagte Mama zu mir.

Und da lachte Papa sogar.

Und dann sagte Mama: »So!«, wie sie es jeden Morgen sagt, wenn ich losmuss. Ich guckte auf die Uhr an der Wand und protestierte, denn ich hatte noch ewig Zeit.

»Ist doch toll«, sagte Papa. »Dann spazierst du eben heute mal zur Schule. Ganz ohne Hektik.«

»Ich hab nie Hektik«, sagte ich.

»Wir müssen aber jetzt auch los«, sagte Mama und strich ihr wirres Haar glatt.

Müssen, müssen. Was denn müssen? Mittwochs hat Mama doch immer frei. Aber schon klar. 110. Ohne mich.

Ich guckte, als wüsste ich von nichts, war vielleicht auch besser so. Am Ende nahm mich die Polizei in die Mangel. Links ein Polizist und rechts einer und ich dazwischen. Die machen es doch immer so, versuchen alles aus allen herauszuquetschen. In den Krimis, die ich mit Kim geguckt hatte, war es so gewesen. Irgendwann hatten alle ausgepackt.

Ich stellte meinen Teller mit dem angebissenen Toast und die leere Tasse neben die Spüle und lief ins Bad, putzte mir die Zähne. Dann sprühte ich etwas von Kims Parfüm auf meine Handgelenke, schnupperte und wusch es nicht wie sonst gleich wieder ab. Im Flur zog ich Sandalen und Strickjacke an.

»Tschüss, Papa!«, rief ich.

»Tschüss, Franka!« Papa guckte kurz aus der Küchentür und winkte. Mama reichte mir meinen Rucksack und öffnete die Tür.

»Mach's gut«, sagte sie und küsste mich aufs Haar.

»Du auch«, sagte ich, guckte an ihr hoch, Mama war ganz in Rosa, mit hängenden Schultern. Ratlos, müde.

»Hast du alles?«, fragte sie, wie sie es jeden Morgen fragt. »Handy, Schirm ...«

Da klingelte das Telefon. Etwas blitzte auf in Mamas Augen und sie schoss davon. Ich wartete und überlegte, was wohl los wäre, wenn ich verschwunden wäre? Wenn sie keine Ahnung hätten, wo ich bin. Schließlich bin ich nicht nur Papas Kind, sondern auch Mamas, und ich bin lange noch keine sechzehn. Mama würde durchdrehen. Und Papa vielleicht auch. Wenn ein Kind in meinem Alter verschwindet, drehen immer alle durch, weil sie denken, jemand habe das Kind geklaut. Wenn ich weg wäre, da käme die Polizei gleich angebraust. Vor dem Haus stünde das Polizeiauto, das blinkende Blaulicht wäre die ganze Zeit an. Und die Nachbarn hätten erst mal keine Ahnung und würden fragen: »Was ist denn hier los?« Und sie würden auf die Straße laufen und herumstehen im Morgendunkel, fröstelnd in ihren Schlappen und mit besorgten und auch neugierigen Gesichtern, und sie würden warten, weil die Feuerwehr ja vielleicht auch gleich noch käme. Ich stellte mir alles genau vor, die Aufregung, die Angst. Um mich. Und plötzlich zog es in meiner Brust und mein Hals wurde ganz eng. Da kam Mama. Sie hatte das Telefon noch in der Hand.

»War nur Flos Mutter«, sagte sie. »Flo kommt heute nicht. Hat einen schlimmen Schnupfen. Du musst an der Ecke nicht auf sie warten.«

Mist! Wir haben zwar nur ein kleines Stück Schulweg zusammen, aber ich hätte Flo gerne gleich erzählt, was los war bei uns.

Als ich schon halb auf der Treppe war, kam Mama plötzlich angelaufen und schnappte mich, drückte mich und hielt mich fest. Mein Gesicht an ihrer Brust, ich saugte den Mama-Duft in mich hinein und war froh, so froh, dass nicht ich verschwunden war.

»Wenn du nachher nach Hause kommst, ist sie bestimmt wieder da«, flüsterte sie in mein Ohr. »Ich koch uns was Schönes.«

»Fischstäbchen«, sagte ich.

Mama ließ mich vorsichtig wieder los, als könnte ich zerbrechen. Dann band sie mir ein buntes Tuch um den Hals. »Der Morgen ist frisch«, sagte sie.

Langsam ging ich die Treppe hinunter.

Früh dran

Der Morgen war wirklich frisch. Ich zog den Reißverschluss meiner Strickjacke bis unters Kinn. Normalerweise biegt um diese Zeit immer die 45 um die Ecke, aber es stand noch nicht mal jemand an der Bushaltestelle. Überhaupt war noch gar nicht viel Verkehr. Ich solle mir Zeit lassen, hatte Papa gesagt. Zur Schule spazieren. Was der sich so vorstellte! Als wenn ein Schulweg ein Spaziergang werden könnte. Ich überlegte, wer von beiden bei der Polizei anrief. Sicher Papa. Kim ist ja seine Tochter. Also stellte ich mir vor, wie Papa anruft, wie er sich räuspert, bevor er die Nummer eintippt, das macht er immer so, sich leise räuspern, wenn er nach dem Hörer greift. Und ich stellte mir vor, wie er klingt, wenn er anfängt zu sprechen. Ernst. Geschäftsmäßig. Mit einer Stimme, die kräftiger und tiefer ist als sonst.

Ich ging nun einfach wie immer, vielleicht sogar ein wenig schneller als sonst, denn bestimmt kam gleich die Polizei um die Ecke gerauscht. Und da wollte ich längst weg sein.

Bei Bäcker Krause war bereits Licht, Frau Krause stand schon im Laden, aber das *Haarwerk*, unser Friseur gegenüber, hatte noch zu. Ich guckte hoch zu den Fenstern im ersten Stock, da wohnt Alina. Alles war dunkel. Alina schlief sicher noch. Zurzeit hatte sie blonde Haare, halblang, mit schwarzen Strähnen. Wie ein Zebra. Alina ist jung und nett. Sie würde meine Haare perfekt schneiden.

Ich hörte was, blieb stehen und lauschte. Ein Martinshorn. Aber weit weg. Plötzlich wurde das Horn lauter, kam näher. Mir wurde mulmig. Ich sprang in die nächste Toreinfahrt, stolperte, stürzte mich hinter die Mülltonnen. Das Horn war jetzt sehr laut. Ich drückte die Hände auf die Ohren und reckte meinen Kopf gerade so weit über die Tonnen, dass ich die Straße sehen konnte. Da kam der Wagen. Polizei! Ich duckte mich, presste den Rucksack gegen die Tonne. Dachte: ›Die haben sie doch nicht mehr alle! Oder alles falsch verstanden. Die müssen ja niemanden retten oder fangen, sondern jemanden suchen! Kim ist schon seit dem Abend weg, auf fünf Minuten mehr oder weniger kommt es jetzt auch nicht mehr an. Das macht alles nur noch schlimmer. Die Sorge, die Aufregung.‹ Mein Herz klopfte im Hals. Der Wagen bretterte die Straße hinunter, an mir vorbei und auch vorbei an unserem Haus. Verschwand. Ich atmete auf und blieb so lange hinter den Mülltonnen hocken, bis ich das Horn nicht mehr hörte.

An der Ecke, an der Flo normalerweise morgens immer auf mich wartet, stand keiner. Kurz hatte ich gehofft, dass Flo doch da sei. Dass sie sich ordentlich die Nase geputzt hatte und wie immer auf dem Mäuerchen balancierte, bis ich vor ihr stand. Und dann mit einem Satz halb auf mich draufsprang. Ich hätte ihr alles erzählt. Und sie hätte zugehört und mir wäre es gleich besser gegangen. Kurz setzte ich mich auf das Mäuerchen und fiel fast ins Blumenbeet, bevor ich dann weiterging bis zu meiner Schule.

Ich stand am Zaun und guckte auf den Pausenhof. Ich war die Erste an diesem Morgen, wirklich die Allererste. Das war noch nie passiert. Unschlüssig stand ich herum, der leere Hof war riesig und ziemlich hässlich ohne Menschen. Ich drehte mich um zur Straße. Ein paar Autos fuhren langsam vorbei, aber niemand hielt an, um seine Kinder herauszulassen. Es war immer noch unglaublich früh. Ich überlegte, ob Papa jetzt die Polizei gerufen hatte. Vielleicht aber saßen sie immer noch im Schlafanzug am Frühstückstisch und redeten sich ein, dass das alles ganz normal sei. Aber einer musste doch was tun! Einer musste doch losgehen und Kim suchen. Ich. Mein Herz schlug schneller. Natürlich ich! Weil immer derjenige dran ist, der schuld an allem ist. Oder?

Wenn ich jetzt einfach weiterginge, bekäme das keiner mit. Ich könnte einfach die Straße hinuntergehen und dann irgendwann links abbiegen und dann vielleicht rechts oder noch mal links, ganz egal, jedenfalls könnte ich losgehen. Jetzt.

Ich sah auf meine Uhr. Zwanzig vor acht. Um halb eins war heute Schluss, die Sechste fiel aus. Mir blieben fast fünf Stunden. In fünf Stunden kommt man weit herum. Ich stieß mich vom Zaun ab.

Da sah ich Jacqueline mit ihrer Mutter. Ausgerechnet Jacqueline Pitzner. Die beiden waren noch ziemlich weit weg, und ich überlegte, ob ich nicht besser schnell abzischen sollte. Aber da entdeckten sie mich. Frau Pitzner winkte, zwitscherte: »Huhu, Franka!« Im Affenzahn stöckelte sie auf mich zu, Jacqueline an der Hand. An der Hand! Jacqueline sah aus wie eine aus der Zweiten. Dabei führt sie sich in letzter Zeit ziemlich auf. Hat den Arm voller Armbänder, bis hoch zum Ellbogen, und sie riecht extrem nach Deo. Und am T-Shirt hat sie so lange obenrum gezerrt und gezogen, dass es jetzt total ausgeleiert ist und ihr seitdem immer über die eine Schulter rutscht. »Mach doch mal richtig«, sagt Flo immer zu ihr und zieht es hoch. Jacqueline flippt dann meistens total aus, brüllt: »Das muss so!« Und schiebt ihre Schulter nach vorn. Und wirft ihre Haare. Genau über diese halb nackte Schulter wirft sie ihre Haare. Hat sie sich extra so schneiden lassen, halb übers Gesicht, damit sie was zum Werfen hat. Klar, wo das hingeht mit der. Also Piratin wird die mal nicht.

»Ich muss zum Arzt«, sagte ich zu Jacqueline, als sie nun vor mir stand. War mir ganz spontan eingefallen. »Jetzt gleich. Kannst du Frau Finke bitte Bescheid sagen?« Ich deutete hinter mich auf die Schule. »Da war gerade noch niemand.«

»Klar«, sagte Jacqueline.

Ich hob kurz die Hand und machte mich davon. Ich wusste, sie sahen mir nach. Also ging ich ganz normal, nicht zu schnell, nicht zu langsam.

Plötzlich rief Jacqueline: »Wart mal!« Sie kam angelaufen. Was wollte die denn noch? »Wieso hast du überhaupt deine Schulsachen mit?«, fragte sie mich.

Ich blinzelte, wusste kurz nichts zu antworten, sagte dann aber ruhig: »Ich habe alles mit, weil ich vielleicht gleich drankomme. Dann schaffe ich es nachher noch in den Unterricht.«

Ich wunderte mich, wie mir das so leicht über die Lippen geflutscht war. Immerhin hatte ich gelogen, fett gelogen. Jacqueline kapierte es nicht, sie glotzte mich an, mit schiefem Grinsen im Gesicht. Ihre Haare hingen wieder mal vornüber. Und ich dachte: ›Die kriegt sicher bald ihre Tage.‹

Und dann marschierte ich los, drehte mich nicht mehr um, ließ alles hinter mir, Jacqueline und ihre Mutter, den Pausenhof, die Schule und alles. Guckte nur auf die vielen Schüler, die mir plötzlich entgegenkamen. Niemand beachtete mich. Lass Haare wehn!

Apfelmus

Ich fing an zu rennen, rannte die Straße hinunter und bog die erste Möglichkeit links ab. Die Straße war schmaler als die, die ich gekommen war. Ich las: »Hermannstraße«. Auf der Ecke war ein Kiosk mit rotem Fähnchen. Der hatte schon auf. Ich rannte weiter, die nächste Straße gleich rechts. Ludwigstraße. Noch schmaler, noch mehr Bäume. Und Hecken. Hohe Hecken wie grüne Wände. Die Straße ging leicht bergab. Hier war ich noch nie. Ich hätte Flo so gerne dabeigehabt.

Da rollte plötzlich was von rechts aus so einer hohen, dichten Hecke. Vollbremsung – fast kippte ich vornüber. Erst jetzt sah ich, was es war: ein Rollator. Und eine winzige, runzelige Omi zuckelte damit quer über den Gehweg. Sie ging ganz gebückt, ihre Nase berührte fast die Handbremse am Rollator und ihre lange, helle Strickjacke schleifte vorne über den Boden. Die Omi war natürlich nicht durch die Hecke gekommen, nicht durch die Büsche. Hinter ihr führte ein schmaler Weg zu einem dunklen, hohen Haus, das mindestens so uralt war wie sie. Endlich blieb die Omi stehen, ein Rad an meinem Fuß.

Sie stellte die Bremse fest, sagte: »So!«, und drehte dann erst langsam den Kopf, der viel zu groß und viel zu schwer war für diesen dünnen Hals. Die Omi sah mich mit wässrigen Augen von unten an.

Ich dachte: ›Pass auf, jetzt schnauzt sie dich an.‹

Aber sie sagte nur freundlich und mit unglaublich frischer Stimme: »Na, da hat wohl jemand heute noch was vor.«

Ich nickte verdattert.

»Jaja«, sagte die Omi und ganz langsam und ganz wackelig setzte sie sich auf ihren Rollator. Ich war erleichtert, dass sie den Sitz erwischt hatte. Die Omi ruckelte noch ein wenig herum. Sie hatte Schlappen an und dicke Socken.

»Und?«, sagte sie schließlich und wickelte sich in ihre Strickjacke, als säße sie am Lagerfeuer. »Erzähl mal!«

Ich presste die Lippen aufeinander und schwieg. Was dachte die sich eigentlich? Die Omi deutete auf meinen Rucksack.

»Schule. Da musst du hin, nicht wahr?« Sie wartete gar nicht ab, bis ich antwortete, nickte gleich verständnisvoll, sagte: »Manchmal gibt es Dinge, die sind wichtiger als Schule, nicht wahr? Manche Dinge können nicht warten, findest du nicht? Sie dulden keinen Aufschub.«

Ich sagte nur: »Ja.«

»Siehst du, wie bei mir. Mein Apfelmus duldet auch keinen Aufschub. Ja, Apfelmus. Was guckst du so? Magst du etwa kein Apfelmus? Jedes Kind liebt Apfelmus! Zumindest war es zu meiner Zeit so. Selbst gekocht, mit Zimt und etwas Zucker. Man muss es nicht kauen. Das mochte ich immer schon.« Die Omi lachte. Ich sah ihre Zähne. Sie waren bestimmt nicht echt.

»Ja, doch«, stammelte ich. »Ich mag Apfelmus. Eigentlich mag ich es.«

»Dieser Geschmack, oh, dieser Geschmack!«, unterbrach sie mich. »Seit ich wach bin, habe ich diesen wunderbar cremig-fruchtigen Geschmack im Mund. Ich bin schon lange wach. Und ich kriege es nicht auf, kriege das Glas einfach nicht auf.« Sie streckte mir zittrig ihre linke Hand entgegen. Sie war faltig und dürr. Die Omi guckte mich traurig an. »Weißt du, es ist so:

Ich wollte jemanden bitten, mir zu helfen. Ich mache das manchmal. Gehe raus und bitte freundliche Menschen, die zufällig vorbeikommen, um Hilfe. Gurkengläser sind ja auch so eine Sache. Und Dosen. Dosen mit Eintopf.« Sie legte den Kopf schief und blinzelte mich an.

Ich überlegte, ob sie einfach nur unglaublich pfiffig oder eher verrückt war und ob ich mich nicht besser ganz schnell verabschieden sollte.

»Du hilfst mir doch, ja?«, fragte sie da.

Blitzschnell guckte ich hinüber zum Haus. Es war düster und sehr groß. Ich guckte wieder zur Omi. Sie war klein und sehr schwach.

»Das ist nett von dir«, sagte sie, »wirklich nett.«

Moment mal! Hatte ich was gesagt? Sie stemmte sich aus ihrem Rollator und wendete ihn umständlich. Mit Mäuseschritten ging ich stumm neben ihr her. Noch bestand die Möglichkeit, abzuhauen, raketenmäßig abzuzischen. Ich hätte mich umdrehen und davonflitzen können, sogar durch die Hecke hechten, wenn es nötig gewesen wäre. Aber ich ging weiter geradeaus, drückte die Tür auf und hielt sie.

Die Omi wohnte im Erdgeschoss. Ihre Wohnung war riesig, das sah ich sofort. Den Rollator parkte sie neben dem Schirmständer in ihrem Flur, schloss die Tür hinter sich und knipste das Licht an. Es leuchtete gelb und schwach von der Decke. Wie selbstverständlich hakte sie sich bei mir ein. Ihr Arm fühlte sich an wie der Flügel von einem halb verhungerten Vögelchen.

»Wie heißt du?«, fragte sie mich.

»Franka«, sagte ich.

»Also, Franka, dann wollen wir mal.«

Die Omi dirigierte mich über dicke Teppiche, die das Geräusch unserer Schritte verschluckten. Und wenn jetzt etwas Sand oder

Erde aus meinen Schuhsohlen rieselte, dann würde das gar nichts ausmachen, denn alles würde einfach in diesen unglaublichen Teppichen verschwinden, die an sich schon braun waren wie eigentlich alles in dieser Wohnung. Die Schränke, die Türen, die Spiegel- und Bilderrahmen, die Schuhe und Jacken in der Garderobe.

Alles war braun. Hellbraun, mittelbraun, dunkelbraun, sogar die hohen Zimmerdecken und das Gelb an den Wänden waren irgendwie braun. Das bisschen Rot, das ich hier und da entdeckte, war ganz dunkel.

Früher war es hier sicher anders, ganz anders, herrlich anders, wie in einem Schloss. Ich sah die Kronleuchter von den Decken strahlen, die am Abend alles hell und festlich machten. Und aus einem der Zimmer, groß wie ein Tanzsaal, klang Klimpermusik von einem echten Klavier. Und Menschen in schönen Kleidern und mit Stielgläsern in den Händen standen in kleinen Grüppchen zusammen, plauderten, lachten und prosteten sich zu. Und mittendrin, mittendurch wirbelte die kleine Prinzessin in ihrem roten Samtkleid und mit nackten Füßen und schlug Purzelbäume auf den dicken, weichen Teppichen. Ich wusste, die klapprige Omi an meinem Arm war diese Prinzessin gewesen, ihr Früher war aber eine verdammte Ewigkeit her. Mein Früher war gestern, aber auch da war alles noch anders, weil da meine Piratenschwester noch bei uns wohnte.

Mit einem Seufzer, der wie ein hohes Pfeifen klang, stieß die Omi mit einer Hand die Tür zur Küche auf. In der Küche roch es, als hätte jemand tagelang eimerweise Dosensuppe gekocht und kein einziges Mal gelüftet. Ich versuchte flach zu atmen. Nirgendwo sah ich leere Dosen, ich sah nur ein Glas Apfelmus auf dem Tisch. Ich war sehr erleichtert, dass tatsächlich Apfelmus auf mich wartete und nicht doch irgendwas anderes.

»Ach da«, sagte ich.

»Jaja«, sagte die Omi und hielt sich mit beiden Händen am Tisch fest, während ich das Glas mit einem Knack öffnete. Die Omi strahlte und ich stellte das geöffnete Glas vor sie hin. Leise summend tunkte sie einen großen Löffel ins gelbe Mus. Probierte.

»Du hast mich gerettet«, sprach sie mit vollem Mund durchs Mus hindurch.

Ich wusste nichts zu sagen und guckte zur Tür. Die Omi bemerkte es.

»Was duldet bei dir keinen Aufschub, Franka?«

Einen Moment zögerte ich. Aber die Omi sah mich so interessiert, so freundlich an, dass ich einfach nicht anders konnte, als zu sagen, wie es war.

»Meine große Schwester. Kim. Sie ist schon sechzehn.«

»Sechzehn!«, unterbrach mich die Omi. »Ein richtiger Backfisch!« Sie kicherte, und ihr Blick entfernte sich, wurde hell und weit.

Ich war mir sicher, die Omi sah mich nur noch verschwommen, wenn überhaupt. Was war das nur für ein Wort? Backfisch. Auf Frauen in einem gewissen Alter schien es eine ganz spezielle Wirkung zu haben. Es war ein magisches Wort und wirkte wie eine Zeitmaschine. Ich versuchte mir die dünnen und kurzen weißen Haare der Omi als Turmfrisur vorzustellen. Es gelang mir nicht. Ich räusperte mich und sagte dann: »Ja, Backfisch. Das sagt heute bloß keiner mehr.«

Die Omi blinzelte, sie war wieder zurück. »Wie sagt man denn?«

Ich musste kurz überlegen. »Teenie, Tussi. Je nachdem.«

Die Omi lachte. »Weißt du denn, woher das Wort Backfisch kommt?«

»Nein.«

Die Omi legte den Löffel aus der Hand und richtete sich auf, so weit es ging. Sie hob ihren Zeigefinger, und als sie anfing zu sprechen, klang ihre Stimme dünn und hoch. Sie war jetzt meine Lehrerin.

»Backfische sind junge Fische, die viel zu klein für den Verkauf sind. Und Franka …« Sie machte eine kleine Pause, bis ich nickte. »Wenn diese jungen Fische den Fischern früher ins Netz gingen, warfen diese die Fischlein gleich wieder über die Backbordseite zurück ins Wasser. Die jungen Fische nannten die Fischer Backfische. Wegen Backbord. Wo liegt Backbord?«

Ich brummelte irgendwas in mich hinein. Ich war komplett verwirrt.

»Backbord ist links«, sagte die Omi.

»Und rechts?«, fragte ich.

»Steuerbord natürlich.« Sie schlurfte um den Tisch herum, kam mit Trippelschritten auf mich zu und hielt sich dann an meinem Arm fest. »Aber nun sag. Was ist mit deiner Schwester? Wie heißt sie noch?«

»Kim. Sie ist weg«, sagte ich. »Ich muss sie suchen.«

»Das ist gut. Mach das.« Die Omi schob mich durch den Flur bis zur Tür. Beim Hinausgehen steckte sie mir ein Zwei-Euro-Stück zu.

»Aber das muss doch nicht …«, murmelte ich.

»Doch, das muss!« Sie lächelte. »Viel Glück!«

Und dann reichte sie mir ihre Omi-Hand. Ich drückte sie vorsichtig, die weiche, zarte, zerbrechliche Omi-Hand. An einem Ring an ihrem Finger funkelte ein dicker, lilafarbener Edelstein.

»Du wirst sie finden«, sagte sie leise. »Ganz bestimmt wirst du sie finden.«

Als ich mich draußen noch mal zum Haus umdrehte, stand die Omi am Fenster und winkte. Ich winkte auch.

Slush

Frankestraße stand auf dem Straßenschild. Nie gehört. Trotzdem bog ich ab. Die Häuser in der Frankestraße hatten große, schicke Vorgärten mit Steinfiguren und rund geschnittenen Büschen und die Hecken waren hier gar nicht so hoch. In der Frankestraße gab es keine Läden, nicht mal Menschen um diese Zeit, nur Ruhe und schöne alte Häuser und ganz viel Schatten auf dem Gehweg. Den Schatten machten die Bäume am Straßenrand. Überhaupt war alles grün hier. Dunkelgrün vor allem. Es roch nach Wald. Ein Eichhörnchen flitzte über eine Mauer und in einen Baum. Wie still es hier war. Also Innenstadt war das nicht.

Ich war mir sicher, wenn Kim noch in unserer Stadt war, dann ganz sicher nicht in dieser Straße. Nicht mal einen Kaffee konnte man hier trinken. Hier konnte man nur wohnen. Oder durchfahren oder durchgehen, aber selbst das machte gerade keiner außer mir.

Weit vorne sah ich eine große Straße. Da war es hell und da war was los. Ich ging schneller. Rannte. Sah Menschen, Autos, eine Straßenbahn. Lief vor bis zur Kreuzung. Links oder rechts? Rechts. Da war es bunt. Jemand stellte Stühle vor ein Café. Gegenüber waren alle Stühle schon draußen, zwei Reihen Stühle mit Blick auf die Straße, wie im Kino, da saß aber niemand.

Der Gemüsehändler nebenan hatte sich eine blaue Schürze umgebunden und fuhr die Markise aus. Es roch nach Kaffee. Viele

Läden waren noch zu. Ich war immer noch früh dran. Andere auch. Einige hatten das Frühstück in der Hand oder Handy oder Zigarette oder alles zusammen.

Dann wurde mir warm. Rucksack runter, Strickjacke aus. Ich stopfte die Jacke in den Rucksack. Die Sonne schien mir ins Gesicht. So schön! Ich dachte: ›Vielleicht nehme ich gleich noch den Bus oder die Straßenbahn.‹

Dann kam ein Miniladen mit Straßenverkauf und Slush-Behältern auf der Theke. Gelb, rot, blau. Zitrone, Erdbeere, Heidelbeere. Ich liebe das Zeug. Eiskalt. Und hinterher die Zunge quietschbunt. »Heute mal ausnahmsweise«, sagen Mama und Papa ganz selten und spendieren mir nur den kleinsten Becher, weil sie glauben, dass es ungesund ist.

Ich sah zu, wie sich in jedem Behälter eine Art Mühlrad drehte, es wühlte durchs Eis. Ich spürte es schon kalt in meinem Mund. Ich schob meine Hand in die Hosentasche, fühlte die zwei Euro von der Apfelmus-Omi. Im Rucksack hatte ich sicher auch noch Geld, fiel mir ein. Ich sah nach. 2 Euro 10! Rechnete. 4 Euro 10! Ganz schön was. Auf der Theke stand eine Preistafel: *Klein* 1 *Euro, Mittel* 1 *Euro* 50, *Groß* 2 *Euro*. Ich guckte wieder auf die Münzen. Ich war reich!

»Bitte einmal groß«, sagte ich zu der Frau hinter der Theke. Sie hatte eine rote Stoffblume im Haar.

»Welche Sorte?«, fragte die Frau.

Ich konnte mich nicht entscheiden.

»Lass dir Zeit.«

Ich ließ mir Zeit, aber wusste dann immer noch nicht, welche Sorte ich wollte.

»Es geht auch alles«, sagte sie und guckte auf einmal ganz ungeduldig.

»Dann alles.«

Die Frau füllte das köstliche Zeug in den Becher. Erst Gelb, dann Rot, dann Blau. Die Schichten liefen gar nicht ineinander. Die Frau machte den Becher randvoll, steckte noch einen dicken Strohhalm hinein. Der erste Schluck, so lecker! Ich rührte ein wenig im dicken, süßen, kalten Slush herum. Die Farben vermischten sich. Sah cool aus. Ich zog den Strohhalm aus dem Becher, er hatte vorne einen winzigen Löffel. Slush. Ich fand, das Wort passte haargenau zum Geschmack. Ich ging weiter, in der Hand den Slush, groß wie ein Becher Buttermilch. Ich zog am Strohhalm und der eiskalte Slush floss in mich hinein und überallhin. Ich ging so leicht. Ich trank und trank.

Und ganz plötzlich konnte ich nicht mehr. Ich starrte von oben in meinen Becher – da war nur noch dunkle Ekelbrühe. Es stand mir bis oben. Ich hatte einen ganz komisch klebrigen Geschmack im Mund und mir war auch komisch im Bauch. Es gluckerte. Da sah ich den Mülleimer am Laternenpfahl. Ich versenkte den Becher aufrecht darin. So. Und machte mich davon.

Gräser und Palmen

Ein Stück weiter auf der anderen Straßenseite entdeckte ich eine Bushaltestelle. ›Super‹, dachte ich, ›echt super, da hält ja die 12! Wie praktisch und was für ein Zufall.‹

Ich las den Fahrplan und sah da schwarz auf weiß, was ich eh schon wusste: Die 12 fuhr zum Freibad. Und plötzlich hatte ich eine Idee, eine geniale Idee, einen richtigen Plan! Ich würde im Freibad anfangen nach Kim zu suchen. Die Polizei macht es haargenau so, klappert die Stellen ab, wo der Vermisste oft gewesen ist. Schule, Freunde, Freibad. Die Polizisten haben an ihrer Pinnwand im Büro eine Karte. Und in all die Orte, die sie absuchen wollen, stecken sie eine rote Stecknadel. Schule, Freunde, Freibad. Meistens fangen sie in der Schule an. Zigmal hatte ich es mit Kim im Fernsehen gesehen.

Ich dachte: ›Also gut, dann fange ich eben im Freibad an, dort ist Kim ganz oft. Das Freibad übernehme ich. Es ist ein guter Anfang. Jede Suche muss einen Anfang haben. Sonst war am Ende doch alles nur Zufall.‹

Ich löste am Automaten eine Fahrkarte, 1 Euro 50, steckte sie in die Hosentasche und stellte mich unter das Haltestellenschild.

Ich wartete. Ich wartete lange. Warten allein ist anstrengend.

Ich hatte noch nie allein auf einen Bus gewartet. Ich war auch noch nie allein Bus gefahren. Straßenbahn auch nicht.

Endlich sah ich den Bus, er rauschte heran, machte Wind. Ich stand mit den Fußspitzen an der weißen Linie, blinzelte und bewegte mich nicht vom Fleck. Der Bus hielt direkt vor mir. Ich guckte kurz auf die Anzeige, ob es auch wirklich die 12 war. Es war die 12. Ich stieg ein. Die Türen gingen hinter mir zu, der Bus fuhr los. Hatte ich Angst? Nein, keine Angst, ich war nur aufgeregt. Ich hielt mich an einer Stange fest, guckte über die Köpfe der anderen Fahrgäste hinweg und entschied mich schließlich für einen Fensterplatz im hinteren Teil.

Der Bus kam eine Weile zügig voran, aber dann nicht mehr, weil plötzlich viel Verkehr war. Der Busfahrer stellte den Motor ab, weil wir im Stau standen. Ich guckte in alle Richtungen, wollte mich orientieren. Wusste nur so ungefähr, wo wir waren. Der Bus war jetzt richtig voll. Einige standen im Gang. Ich sah auf die Uhr. Zehn nach neun. Der Motor sprang wieder an. Langsam fuhren wir weiter. Zu Fuß wäre ich schneller gewesen.

Plötzlich musste ich aufs Klo. Das ging jetzt aber nicht. Ich versuchte, nicht daran zu denken. Es funktionierte nicht, weil es drückte. Und wie! Ich brauchte dringend ein Klo! Verdammt, ein Klo!

Da sah ich den Kaufhof. »Picobello im Kaufhof«, sagt Oma immer. »Kannst dich ohne Bedenken auf die Klobrille setzen im Kaufhof.«

Daran dachte ich jetzt, schnappte meinen Rucksack, quetschte mich durch die Leute bis zur Tür und sprang ins Freie. Ich stürzte zur Kaufhaustür. Ich wollte sie aufreißen, aber sie war zu. Ich probierte die Tür daneben. Auch zu. Und alle anderen auch. Ich war zu früh dran. Toiletten konnte ich also vergessen. Ich brauchte einen Wald oder einen Park oder wenigstens ein paar Büsche. Aber vor dem Kaufhof gab's natürlich nichts von alldem. Und um den Kaufhof herum auch nicht. Ich lief die Straße ganz hinunter bis zur nächsten Kreuzung. Und hinüber. Und dann rechts. Und wieder geradeaus. Irgendwann blieb ich schnaufend stehen und wusste, lange würde ich nicht mehr laufen können. Irgendwann machte meine randvolle Blase das nicht mehr mit, irgendwann machte ich mir in die Hose. Ich guckte herum. Auch über die Straße. Und sah die Insel mitten auf der Straße. Keine Verkehrsinsel so wie sonst. Eine echte Insel mit Palmen und Gras! Wie war so eine Insel bloß dahingekommen? Das Gras war keine Wiese, sondern meterhoch, und es wuchs unter den Palmen, die sich in den Himmel reckten.

›Gräser-Springbrunnen‹, dachte ich nur, überlegte nicht weiter, stellte mich dicht an die Straße und die Autos rauschten auf zwei Spuren an mir vorbei. Dann kam kurz mal kein Auto, und ich schoss hinüber mitten hinein in die Fontänen aus Gras, die mich verschluckten. Ich duckte mich und sah nur noch Grün und über mir den knallblauen Himmel und die Palmen. Ich war auf einer richtigen Insel gelandet mitten auf einer Straße. Und Hose auf. Und langsam ließ ich es laufen, so langsam wie möglich, damit ich mich nicht einsaute. Ich pinkelte und pinkelte. Und die Autos rauschten um die Insel herum.

Da sah ich die Katze. Sie stand direkt vor mir. Noch nie im Leben hatte ich so eine merkwürdige Katze gesehen. Schlank, hohe Beine, kurzes cremeweißes Fell. Füße, Schwanz und Ohren waren schokoladenbraun, genau wie das Gesicht. Es sah aus, als habe das Tier eine Maske auf. Und dann erst die Augen! Sie leuchteten fantastisch blau aus dem braunen Gesicht. Die Katze war sehr schön und auch ein bisschen gruselig. War das überhaupt eine Katze? Und war das Tier echt? Es rührte sich nicht. Stand ganz ruhig vor mir mit angezogener Vorderpfote und guckte mich starr an. Es blinzelte nicht mal. Ich rührte mich auch nicht, weil ich nicht konnte. Ich pinkelte immer noch. Und auf einmal fiel mir ein, dass ich im Zoo mal ganz ähnliche Tiere wie dieses gesehen hatte. Ganz sicher keine Katzen, sondern Affen oder so. Und sie lebten auf einer Insel, deren Namen ich vergessen hatte, sie lebten nur dort und nirgendwo sonst auf der Welt. Außer halt im Zoo.

›Hier gibt's doch keine Affen‹, dachte ich, ›nicht auf dieser Insel.‹ Ich sah hoch zu den Palmen. Bananen waren da schon mal nicht.

Ich war fertig mit Pinkeln und ich hatte mich auch nur ein ganz klein wenig nass gemacht. Ich blieb aber noch in der Hocke und zog umständlich meine Hose hoch. Dann ging ich auf die Knie und streckte meine Hand aus. Das Tier maunzte leise. Also doch eine Katze. Sie zuckte zurück, schlich dann langsam im Bogen um mich herum, ließ mich nicht aus den Augen und schnupperte schließlich vorsichtig an dem kleinen See, den ich hinterlassen hatte. Ich machte »Psspssspsss«. Die Katze duckte sich, dann schoss sie davon.

Kontrolle

Nachdem ich es von der Insel zurück auf den Gehweg geschafft hatte, ging ich wieder Richtung Kaufhof. Dort wollte ich in die nächste 12 einsteigen und weiter zum Freibad fahren. Plötzlich hörte ich einen Bus hinter mir, sah eine Haltestelle vor mir, drehte mich um, las »12« auf der Busanzeige und rannte los. Der Bus fuhr an mir vorbei, hielt, Leute stiegen ein und aus, und ich schaffte es gerade noch, hineinzuspringen. Der Bus war rappelvoll. Ich blieb im Gang stehen und hielt mich fest.

»Mach doch mal runter«, sagte eine Frau hinter mir und ruckelte ungeduldig an meinem Rucksack. Ich nahm ihn vom Rücken, sah, dass der Fensterplatz neben der Frau frei war. Sie lächelte, rutschte gleich zur Seite und sagte dann freundlich: »Setz dich doch.« Das tat ich, murmelte: »Danke.« Die Frau duftete gut. Nach Zitrone wahrscheinlich und nach Blüten. »In Parfüms sind immer Blüten drin«, sagt Kim oft, »und manchmal sogar auch Schokolade.« Ich schnupperte an meinem Handgelenk. Ganz leicht noch roch es nach Kim.

Plötzlich fingen alle an, in ihren Taschen, Jacken, Hosen zu kramen. Fahrkartenkontrolle. Ich sah den Kontrolleur. Langsam arbeitete er sich von vorne nach hinten durch den Bus. Der Mann war lang und dünn und hatte ein verkniffenes Gesicht. Ich spürte mein Herz in der Brust hart pochen und wunderte mich darüber. Ich hatte doch eine Fahrkarte. Ich griff in meine linke Hosentasche, suchte darin herum. Sie war leer. Und in der rechten spürte ich nur die Münzen. Ich zog sie heraus, wühlte hektisch durch die Tasche. Nichts, nur ein paar Krümel. Sie klebten an meinen schwitzigen Händen. Ich rutschte vor auf die Sitzkante, schob beide Hände in die hinteren Hosentaschen. Auch leer! Das konnte doch nicht sein. Ich hatte doch eine Fahrkarte gekauft! Hatte ich sie verloren? Eben auf der Insel? Vielleicht war sie mir beim Pinkeln aus der Tasche gerutscht? Oder früher? War jetzt auch egal. Total egal. Wichtig war: Was machte so ein Kontrolleur mit denen, die keine Fahrkarte hatten? Zog und zerrte er sie aus dem Bus? Und wenn sie sich wehrten, zog er sie dann an den Haaren hinaus? Panik stieg in mir auf. Der Kontrolleur kam näher. Er war nur noch zwei Sitzreihen von mir entfernt. Mein Blick fiel auf den Geldbeutel der Frau neben mir. Sie hielt ihn in der Hand. Der Geldbeutel war groß und lila und hatte buntes Klimbim an der Seite. Ich guckte der Frau ins Gesicht. Unsere Blicke trafen sich.

»Fahrkarten, bitte«, sagte da der Kontrolleur mit schnarrender Stimme. Er meinte uns. Ich war wie versteinert. Die Frau klappte den Geldbeutel auf, ich sah ihren Fahrausweis mit Foto und allem, sie hielt ihn dem Mann vor die Nase.

»Und du?« Er zeigte mit dem Kinn auf mich.

»Gehört zu mir«, sagte die Frau schnell.

Der Mann nickte zufrieden und ging weiter.

Die Frau sah auf die Uhr. »Glück gehabt«, sagte sie leise zu mir. »Ab 9 Uhr 30 darf ich jemanden mitnehmen.« Sie zwinkerte mir zu. In diesem Moment strömte ganz viel Luft aus mir heraus, wie aus einem Ballon, der schrumpelte.

»Danke«, sagte ich.

Ab sofort gehörte ich also zu ihr. Das fand ich komisch. Ich hatte die Frau noch nie in meinem Leben gesehen. Ich wartete darauf, dass sie mich was fragte. Wohin ich wolle. Wo meine Fahrkarte sei. Wie ich heiße. Aber die Frau schwieg. Stattdessen holte sie einen Lippenstift aus ihrer Tasche, zog die Lippen nach und nahm dann noch ein Buch heraus, in das sie sich vertiefte. Mir war es sehr recht. Ich guckte aus dem Fenster.

An der nächsten Haltestelle stieg der Kontrolleur aus dem Bus. Er zog eine Brotbox aus seiner Umhängetasche, klappte sie auf und biss herzhaft in ein belegtes Brötchen. Mein Bauch machte Geräusche und mir lief das Wasser im Mund zusammen. Ich hatte plötzlich einen Bärenhunger und hätte alles Mögliche verdrücken können. Ich dachte an den einen Bissen Toast von heute Morgen. Ein Frühstück war das nicht. Ich öffnete meinen Rucksack und wühlte darin herum. Mama schmiert immer so leckere Brote. Salami mit frischer Paprika, wenn ich Glück habe. Aber ich hatte kein Glück, sondern Pech. Ich hatte keine Brotbox dabei, nur eine alte Wasserflasche mit fast nichts drin. Oh, nein! Hatte ich vergessen, mein Pausenbrot einzustecken? Ja! Nur verdursten würde ich nicht. Der Bus fuhr an. Kauend winkte der Kontrolleur dem Busfahrer zu.

Von Haltestelle zu Haltestelle leerte sich der Bus. Und auf einmal waren wir nur noch zu viert. Plus Busfahrer. Der gab jetzt richtig Gas, der Motor sang. Die Straße war schnurgerade und ziemlich uneben. Ich schaukelte hin und her und hielt mich krampfhaft am Sitz vor mir fest, damit ich nicht gegen die Frau neben mir stieß. Zum Glück war sie immer noch mit ihrem Buch beschäftigt.

Häuser und Bäume flogen vorbei und plötzlich nur noch Bäume. Waren wir überhaupt noch in der Stadt? Mir wurde mulmig.

Ich hatte gedacht, die 12 führe zum Freibad. Zum Freibad ging es hier nicht. Definitiv nicht.

»An der nächsten Haltestelle muss ich raus«, sagte ich und hatte ein Kribbeln im Bauch.

Die Frau lachte, sagte: »Wo auch sonst!«

Wie sich herausstellte, war die nächste Haltestelle die Endstation, ein großer Platz mit vielen Haltestellen und mit hohen, alten Bäumen drum herum. Der Busfahrer stellte den Motor ab. Wir stiegen alle aus, auch der Busfahrer.

»Dann mal Tschüss«, sagte die Frau und hob die Hand.

»Tschüss«, sagte ich. Ich ging ganz steif, ging direkt zum Fahrplan. Da stand nichts von Freibad. Als ich mich wieder zum Bus umdrehte, fiel mein Blick auf die Anzeige über dem Fenster. Ich las »22«. 22! Ich hatte die ganze Zeit im falschen Bus gesessen. Mir wurde schwummerig.

Joscha

Ich hätte zu Hause anrufen können. Ich hätte mein Handy aus dem Rucksack holen, es einschalten und einfach anrufen können. Sie hätten mich geholt, und zwar sofort. Wären zu mir gebrettert und hätten mit quietschenden Reifen direkt vor mir gehalten. Tür auf. »So. Franka, steig ein.« Gesichter zum Fürchten. Ich wäre hinten eingestiegen, wortlos, wäre auf den abgewetzten Sitzkeil gerutscht, hätte mich angeschnallt. Hätte Papas Augen im Rückspiegel gesehen und schon Bescheid gewusst, bevor es überhaupt losgegangen wäre. Und dann wäre es losgegangen. Mama hätte sich zu mir umgedreht. »Bist du verrückt geworden? Was hast du dir dabei gedacht?« Mama hätte nicht aufgehört zu schimpfen und dabei ihren Kopf zu schütteln. »Sonst was hätte passieren können!«

»Blödsinn«, sagte ich leise zu mir selbst.

Hinter den Haltestellen entdeckte ich einen bunten Kiosk unter Bäumen mit zwei Stehtischen und einer Bank davor. Ich sah auf meine Uhr. Ich hatte noch viel Zeit.

Und ich dachte: ›Anrufen kann ich auch gleich noch.‹

Ich ging zum Kiosk. Es roch lecker nach Würstchen und Pommes. Und Lakritzschnecken und Kaugummis und Hunderte Zeitschriften gab es auch zu kaufen. Ich kramte mein Geld aus der Tasche. 60 Cent. Na ja, reich war was anderes. Ich studierte die Preisliste. Pommes: 2 Euro 20. Ein heißes Würstchen: 1 Euro 20, ein Brötchen: 35 Cent. Ketchup und Mayo: jeweils 25 Cent. Einen Lolli gab es für 40 Cent und eine Cola für 1 Euro 50. Ich betrachtete das Geld in meiner Hand. Ich hatte noch altes Wasser in meiner Flasche, verdursten würde ich nicht. Da ich vor allem hungrig war, entschied ich mich für ein Brötchen mit Ketchup.

»Vegan, was?«, sagte die Frau im Kiosk und grinste dämlich, als sie es mir reichte.

Ich ließ alle meine Münzen in die Hand der Frau klimpern und setzte mich vor dem Kiosk auf eine Bank. Ich biss in das Brötchen. Krümel rieselten in meinen Schoß und auf den Boden. Spatzen fielen von den Bäumen und machten sich darüber her. Ein leichter Wind raschelte durch die Baumkronen über mir und die Blätterschatten tanzten über meine Beine und über die Bank. Mein Ketchup-Brötchen schmeckte richtig gut.

Plötzlich kam jemand. Und setzte sich neben mich. Ich starrte vor mich hin. Neben mir knisterte Papier und es roch lecker nach was zu essen. Noch mehr Spatzen und drei Tauben. Ich schielte nach rechts, sah zwei braune Latschen ohne Schnürsenkel und mit nackten Füßen darin. Langsam ließ ich meinen Blick weiter nach oben wandern. Sah dunkle Kringelhaare an kräftigen Waden, dann Knie, graue Shorts, weißes T-Shirt, auf der Brust stand was. Ich hob den Kopf noch weiter und erschrak. Der Typ guckte mir voll ins Gesicht und biss dabei genüsslich in ein Riesenbaguette mit Salat und allem Möglichen darauf. Ganz kurz nur sah ich das Baguette im Mund und über dem Mund zwei Augen und darüber ganz viele dunkle Locken. Und dann wieder diese Augen. »Großen Jungs nie in die Augen gucken«, sagt Flo immer. »Dann tun sie einem nichts.« Aber ich konnte nicht anders. Diese Augen waren so blau wie die von der Katze eben. Nur viel netter. Sie lachten. Schnell senkte ich meinen Kopf wieder, starrte auf meine Füße und biss ein winziges Stück Brötchen ab.

»Noch 'n bisschen jung fürs Schwänzen, was?«, fing er plötzlich an.

Ich rührte mich nicht.

»Hey! Bist doch höchstens in der Vierten.«

»Fünfte«, flüsterte ich.

»Hä?«

»Fünfte«, sagte ich etwas lauter. »Ich gehe in die fünfte Klasse.«

»Heftig, hey. Ich hab erst in der Siebten damit angefangen.«

Ich drehte meinen Kopf in seine Richtung. Wieso sagte er dauernd »hey«?

»Hey, Fünfte ist doch fast noch Grundschule«, sprach er weiter. »Da machen sie doch immer gleich Trara, wenn einer nicht kommt. Rufen die Eltern an und so.«

»Hab aber Bescheid gesagt«, murmelte ich, guckte ihm jetzt richtig in die Augen. Atmete durch. Der Lockenkopf war sicher so alt wie Flos Bruder Chris. Er pfiff leise durch die Zähne.

»Bist 'ne ganz Schlaue, was? Sogar Bescheid gesagt. Muss man erst mal draufkommen, hey!« Er biss wieder ins Baguette. »Welches Fach denn?«, nuschelte er.

»Wie, welches Fach?«

»Bei mir ist es Mathe. Letzte Matheklausur heute vor den Ferien. Wenn ich die vergeige, bin ich am Arsch. Verstehst du? Voll am Arsch. Hey, die können mich mal.« Er machte eine Pause. »Also?«, fragte er.

»Kein Fach«, sagte ich. »Ich wollte ins Freibad.«

Der Typ fing an zu lachen, verschluckte sich halb. »Hey, cool, echt cool!« Er streckte mir die Hand hin. »Joscha.«

Zögernd nahm ich die Hand. »Franka.«

Joscha schüttelte meine Hand und dann seine Locken. Er raunte: »Hier ist aber kein Freibad. Hast du schon mitgekriegt, oder?«

»Klar, Mann! Hab mich verfahren. Falscher Bus!«

Joscha grinste. »Pech. Und jetzt?«

Ich zuckte mit den Schultern.

»Wieso machst 'n das?«, fragte Joscha.

»Was?«

»Schwimmen gehen um diese Zeit?«

»Ich will ja gar nicht schwimmen. Ich …« Ich steckte schnell das Brötchen in meinen Mund, druckste herum. Ich fand ja, Joscha war ein schöner Name. Und Joscha sah wirklich nett aus, wie einer, dem man was erzählen konnte.

»Was jetzt?«, fragte er.

Ich gab mir einen Ruck. »Ich wollte zu meiner Schwester. Kim. Also Halbschwester, du weißt, was eine Halbschwester ist?«

Nicken.

»Und jetzt ist sie im Freibad. Vielleicht ist sie da, könnte echt sein, weil sie oft da ist mit Mik und den anderen und manchmal auch mit mir, aber nicht so oft, aber einmal war ich sogar nachts mit, nachts ...«

So fing ich an, kreuz und quer, und Joscha lachte, sagte: »Hey, ihr seid ja tolle Schwestern. Trefft euch im Freibad, hey! Freibad statt Schule.«

»Neee!«, rief ich. »Kapierst du denn nicht?« Und Tränen schossen in meine Augen. Joscha sah es, hob beide Hände, sagte: »Ist ja gut.« Ich fing noch mal an, ganz von vorne und ruhig und jetzt der Reihe nach. Ich fing damit an, dass Kim nicht nach Hause gekommen war, erzählte von der Polizei, die sie auch suchte. Oder auch nicht. Und dass ich, weil ich ihre Schwester sei, sie doch auf jeden Fall suchen musste. Und Jacqueline Bescheid gesagt hatte. Ich redete und redete, sagte auch, dass ich es vermasselt hatte, dass ich schuld war an allem. Erzählte doch tatsächlich, dass Kim mich an ihrem Schrank erwischt hatte. Und wurde es los. Wurde es endlich los. Und Joscha lachte kein einziges Mal und unterbrach mich auch nicht, sah mich nur an mit diesen unglaublich blauen Augen. Als ich fertig war, sagte Joscha immer noch nichts. Ich versuchte in seinem Gesicht zu lesen.

»Heftig«, sagte er schließlich.

Mein Herz sank in die Tiefe und tat weh. Ich fühlte mich klein. Und mies.

»Dass du einfach losgefahren bist ...«, sagte er da. »Dass du einfach losgefahren bist. Hey! Das ist heftig. Und cool ist es auch.«

Der Druck auf meiner Brust verschwand wieder. Mein Mund war ganz trocken.

»Willst du immer noch ins Freibad?«, fragte Joscha.

Ich musste nicht überlegen und sagte: »Ja.«

Joscha schrieb mir alles auf einen Zettel. Welche Busse ich nehmen und wo ich umsteigen musste. Ich hätte es mir leicht merken können, aber Joscha bestand darauf, dass ich es schriftlich hatte. Er stand auf und klopfte die Krümel von seiner Hose. Die Spatzen zankten sich darum.

»Ich bring dich zum Bus«, sagte er. »Fahrkarte hast du?«

Ich schüttelte den Kopf.

»Fang bloß nicht damit an«, sagte er ernst. »Schwarzfahren ist scheiße, voll scheiße.«

»Aber ich wollte doch gar …«

»Und richtig teuer. Und peinlich, hey, saupeinlich, wenn sie dich rausholen. Fühlst dich wie ein Verbrecher. Willst das nicht noch mal erleben. Hey! Fang nicht damit an. Versprich es!«

Ich versprach es und sagte kleinlaut, dass ich gar kein Geld mehr hatte.

»Alles verfressen, was?« Joscha grinste breit und gab mir 1 Euro 50.

»Geschenkt?«

»Klar geschenkt!«

»Danke.« Ich ging dicht neben ihm her zu meiner Haltestelle. Joscha machte riesige Schritte und war ungefähr einen Meter größer als ich. Ich löste eine Fahrkarte am Automaten. Wir mussten gar nicht lange auf den Bus warten. Er war ganz leer und ich die Einzige, die mitfahren wollte.

Joscha sagte: »Mach's gut, viel Glück! Und hey, grüß deine Schwester von mir.«

Joscha sagte noch was, aber das verstand ich nicht, weil gerade die Bustüren aufgingen, und das machte ein lautes Geräusch. Ich sah ihn fragend an. Joscha beugte sich herunter zu mir und sein Gesicht war ganz dicht vor meinem. Ich roch die Zwiebeln von eben. Und ich entdeckte feine, dunkle Haare zwischen Nase und Lippe, die gar nicht aussahen wie richtige Haare, sondern bloß wie ein Schatten.

»So eine mutige Schwester wie dich hätte ich auch gern«, sagte er leise und schob mich in den Bus.

›Wow‹, dachte ich, ›wow!‹

Ich hielt dem Busfahrer meine Fahrkarte hin, aber der guckte nicht mal. Ich lief durch den ganzen Bus und kniete mich verkehrt herum auf einen Sitz in der letzten Reihe. Joscha winkte zu mir hoch. »Danke!«, sagte ich durchs Fenster ohne Stimme und winkte mit der Fahrkarte. Ehrlich gesagt, hätte ich ihm das Geld für die Fahrkarte gerne irgendwann zurückgegeben. Dann hätte ich ihn wiedergesehen.

Joscha lächelte und nickte. Dann sagte er auch noch was, was Kurzes, bestimmt wieder dieses »Hey«, das sich bei ihm dauernd zwischen die Worte mogelte. Süß, total süß. Ich fand es schade, wirklich sehr schade, dass Joscha nicht mitfuhr.

Silberkette

Ich war lange unterwegs. Als der Bus endlich hielt und ich ausstieg, wartete Kim schon am Freibadeingang und winkte mir lachend zu. Und Joscha war auch da. Ich wunderte mich nicht darüber. Das ist immer so im Traum. Man wundert sich über gar nichts. Kim und Joscha nahmen mich in ihre Mitte und spielten mit mir »Engel flieg« und schleuderten mich ganz hoch.

Ich wurde wach, weil mein Kopf plötzlich schmerzte. Ich hatte ihn wohl an der Scheibe gestoßen. Verschlafen rieb ich meine Stirn. War ich eingenickt? Mein Kinn war ganz nass. Bäh. Ich sabbere immer, wenn ich im Sitzen einschlafe. Peinlich ist das. Ich wischte mein Kinn trocken und guckte herum. Es war nicht mehr weit bis zum Freibad. Ich setzte mich aufrecht hin. Jetzt kannte ich alles hier! Gleich kam noch die Tankstelle, dann ging es nach links, dann ein Stück geradeaus und dann nach rechts. Und dann hielt der Bus endlich an und ich stieg aus. Jetzt in echt. Ich war total verschwitzt. Mein T-Shirt klebte an meinem Rücken.

Die Frau im Kassenhäuschen hatte ihre Ellbogen vor sich auf die Ablage gestützt. Mit ihrem breiten Körper füllte sie fast das ganze Häuschen aus.

»Kann ich kurz ins Bad, bitte?«, fragte ich.

Die Frau guckte misstrauisch.

»Ich hab was verloren«, sagte ich. »Meine Halskette. Silber. Echt Silber.« Das stimmte sogar. Schon seit Wochen suchte ich diese Kette.

»Aha«, sagte die Frau und guckte immer noch nicht freundlich. »Und deine Schwimmsachen hast du nur zufällig heute dabei, was?« Sie nickte in Richtung Rucksack.

Schwimmsachen? Dachte sie, ich log sie an?

»Nein!«, rief ich empört.

»Zeig mal.«

Ich wuchtete meinen Rucksack auf die Ablage und öffnete ihn. Die Frau erhob sich schnaufend aus ihrem Sessel, beugte sich über den Rucksack, rührte kurz mit ihrer Hand darin herum. Dann rollten ihre Augen nach rechts. Was sollte das jetzt heißen? Durfte ich durch, rechts am Häuschen vorbei ins Bad?

»Geh schon«, zischte die Frau. »Aber beeil dich!«

Ich riss meinen Rucksack von der Ablage und sauste davon, bevor die Frau es sich noch mal anders überlegte. Ich war noch nie so früh am Tag im Freibad. Es war fast leer und deswegen so ruhig hier und die Liegewiese war unglaublich groß. Als Erstes ging ich zu den Schwimmern. Wenn Kim im Freibad war, dann bei den Schwimmern. Ich zog meine Sandalen aus und watete durchs kalte Wasser der Beckendusche, ließ meinen Blick übers Wasser schweifen. Nur alte Leute. Keine Kim.

Wenn Kim jetzt hier wäre, dann wäre was los. Kopfüber, mal vorwärts, mal rückwärts und auch mal mit Salto würde sie sich vom Dreier stürzen und noch schnell ein Liedchen pfeifen, bevor sie lautlos ins Wasser tauchte. Und die Omis und Opis würden alle am Rand sitzen, mit den Beinen im Wasser rühren und endlich mal richtig wach werden und applaudieren und johlen, wenn meine Piratenschwester sich am Ende verbeugt.

Mir war heiß. Die Sonne knallte mir ins Gesicht und der Schweiß juckte auf meiner Haut unter dem Tuch an meinem Hals. Ich band es los und um meinen Kopf. Ich zog die Flasche aus meinem Rucksack und trank das warme alte Wasser. So eklig. Ich ging weiter zu den Nichtschwimmern, vorbei am Babybecken, hinüber zu den Umkleiden und Toiletten. Kim war nicht dort.

Ich setzte mich auf eine Bank vor den Umkleiden.

UND WEITER JETZT

Kim

Und ich sitze auf der Bank. Super. Kim ist nicht da, nicht im Freibad. Dabei hätte ich es nach allem wirklich verdient, dass sie jetzt da ist. Und ich denke: ›Sie hätte sich gestern wenigstens verabschieden können. Wenigstens kurz Tschüss hätte sie sagen können.‹ Wenn man gar nichts zum Abschied sagt, sondern nur einfach verschwindet, dann bleibt was zurück, ein schlimmes Gefühl, so als wäre alles falsch gewesen. Und das war es doch nicht!

Eine dürre, sehr dunkel gebräunte Omi kommt an mir vorbei. In Riemchenbadeschuhen geht sie die Stufen hinunter zur Beckendusche. Sie geht langsam und konzentriert wie über spiegelglattes, sehr dünnes Eis. Dann drückt sie den Knopf an der Dusche und stellt sich, ohne zu zögern, mit dem Gesicht nach oben unter das eiskalte Wasser.

›Irgendwann werde ich doch zu Hause anrufen müssen‹, denke ich und gucke auf die Uhr. Aber es sind noch mehr als eineinhalb Stunden hin, bis die Schule aus ist. Und dann kann ich noch locker 20 Minuten draufrechnen, weil es immer ungefähr so lange dauert, bis ich zu Hause bin. Also: Nichts überstürzen!

Ich gucke wieder auf den Weg vor mir. Und da passiert es. Ich kann nicht glauben, was ich sehe, und drehe deshalb meinen Kopf einen kurzen Moment wieder zur Seite, sehe die Omi, die sich das Wasser jetzt auf den Rücken prasseln lässt, sehe die glitzernden Wassertropfen, drehe meinen Kopf zurück, um ganz sicher zu sein, dass es wirklich wahr ist, was ich sehe. Da kommt Kim!

Ich versuche, nicht zu blinzeln und Kim festzuhalten mit klarem Blick. Denn wenn ich die Augen jetzt auch nur für eine Viertelsekunde schließe, könnte es sein, dass sie in diesem winzigen Moment wieder verschwindet. Es kann vorkommen, dass man in der Hitze etwas sieht, dass es gar nicht gibt. Man nennt es Fata Morgana. Meistens ist es ein See, der urplötzlich auf einer Straße auftaucht. Wenn man näher kommt, ist er weg. Aber Kim ist keine Fata Morgana. Sie kommt näher und verschwindet nicht. Kim kommt geradewegs auf mich zu. Plötzlich bleibt sie stehen. Hat sie mich gesehen? Sie hält eine Hand an die Stirn, rennt los, ruft: »Franka!«, und steht dann atemlos vor mir. Kim sieht schrecklich aus. Blass und ganz schmal. Und ihre Augen sind gerötet und die Haare zerzaust. Hat sie mit einem Ungeheuer gekämpft? Ich bin mir nicht sicher, wer von beiden gewonnen hat. Kim fasst mit beiden Armen um ihren Bauch, als müsste sie sich selbst halten.

»Sis«, sagt sie leise.

»Ich hab dich gesucht«, sage ich.

Nur das bringe ich heraus. Und bevor mir noch was anderes einfällt, hat sie mich schon geschnappt und ihre Arme um meine Schultern und meinen Rücken geschlungen und ihr Gesicht in meinen Nacken gedrückt. Kim begräbt mich halb unter sich. Und heult und schluchzt und zittert. Und da umfasse ich sie auch, traue mich, halte sie ganz fest. Und fange an, sie zu wiegen. Denke: ›Was heult die bloß so? Das gibt's doch gar nicht, wie die heult. Bestimmt ist da noch was anderes.‹ Ich wiege meine große Schwester sacht wie ein Baby, Kim die Kleine, ich die Große. Ich rieche das Leder ihrer Jacke, die sie selbst bei dieser Hitze trägt. Und mein Nacken glüht und ist ganz feucht von ihrem Atem.

Kims Weinen wird endlich weniger und ihr Atem ruhiger. Sie hebt ihr Gesicht. Kim sieht aus wie ein Gespenst.

»Weiß jemand, dass du hier bist?«, fragt sie.

Ich nicke, denke an Joscha.

»Ich muss duschen«, sagt Kim.

»Ist gut, ich warte«, sage ich.

Kim wischt sich die Tränen mit beiden Händen von den Wangen. Ich sehe ihr nach, wie sie zu den Duschen geht. Über ihrer Schulter liegt ein hellgrünes Handtuch, an dem noch das Preisschild hängt. Als Kim hinter der Tür verschwunden ist, stelle ich mich direkt daneben, damit wir uns gleich nicht verpassen.

Während ich herumstehe, erinnere ich mich, wie ich mal verschwunden war, aber nur ganz kurz und im Freibad. Ich war nur mit Papa hier. Ich war allein zu den Schaukeln gegangen, zurückgekommen, und Papa war weg, mit unseren ganzen Sachen. Also ich dachte, er sei weg. Ich hatte aber nur unter dem falschen Baum geguckt, sah nur platt gedrückte Wiese und dachte, er sei weg. Panisch heulend war ich durchs Bad gerannt. Irgendwann griff der Bademeister mich auf und verfrachtete mich in sein Glashäuschen. Ich hatte wahnsinnigen Respekt vor ihm, weil er immer so grimmig guckte und wegen der Quatschmacher und Arschbomben-Jungs eigentlich nie die Trillerpfeife aus dem Mund nahm. Zu mir war er eigentlich ganz nett. Wir verbrachten aber nicht viel Zeit zusammen, denn kaum hatte er meinen Namen über Lautsprecher durchs Freibad gedonnert, sah ich Papa auch schon. Er sprintete die Längsseite des Schwimmerbeckens entlang, sprang über die Ecke und flog über die anderen Leute hinweg. Und dann raste er auf das Häuschen zu, wo ich zitternd saß.

Als er mich kurz darauf schnappte und an sich drückte, zerquetschte er mich fast. Seine Haut war ganz klebrig. Papa schimpfte gar nicht, auch später nicht. Es dauerte nur eine ganze Weile, bis er überhaupt wieder sprach. Wir saßen recht lange auf einer Bank am Beckenrand. Und Papa guckte nur geradeaus. Dabei hatte er den Arm um meine Schultern gelegt. Irgendwann schnaufte er laut und lachte. Wir gingen zum Kiosk und ich durfte mir was aussuchen. Ich nahm Pommes gestreift und Papa Currywurst und Kaffee.

Daran denke ich jetzt. An Papas Angst um mich. Und an heute früh denke ich auch. Ob er auch solche Angst um Kim hat? Ob er sich doch mehr um sie sorgt, als er zugeben will? Vielleicht hat er keine Polizei gerufen und ist stattdessen selbst losgezogen, um sie zu suchen? So wie ich.

Die Tür neben mir geht auf und Kim kommt heraus. Sie rubbelt ihr Haar, und dann schüttelt sie es wie ein Hund, der gerade aus dem Fluss gestiegen ist. Ich bin erleichtert. Kim sieht nun viel besser aus. Sie lächelt zaghaft.

»Na, Piratin.«

»Piratin?«

Kim zupft an meinem Tuch auf dem Kopf. »Siehst aus wie eine«, sagt sie.

›Und du bist eine‹, denke ich.

»Also? Gehen wir?«, fragt Kim.

Ich nicke. Kim hakt sich bei mir ein. Wir verlassen das Freibad durch einen Seitenausgang.

Schluss

Ich will Kim erzählen, dass ich ihretwegen heute die Schule schwänze. Ich will von der kleinen Omi erzählen, deren Apfelmusglas ich geöffnet habe, vom Zwei-Euro-Slush und von der echten Insel mitten auf einer Straße. Ich will erzählen, wie ich mit dem Bus quer durch die Stadt gegondelt bin und mich total verfahren habe, und wie ich Joscha getroffen habe, der mich gerettet hat. Ich will Kim auch sagen, dass ich sie vermisst habe. Und dass es mir leidtut. Schrecklich leid. Ich will ihr sagen, dass ich nicht vorgehabt hatte, in ihren Sachen zu kramen, sondern dass es ganz von selbst passiert ist. Und dann will ich sie was Wichtiges fragen. Ich will sie fragen, ob sie nach dem Duschen hier im Freibad für immer abhauen wollte. Ob das ihr Plan war. Ob sie genug von mir hatte und wegwollte. Es liegt mir alles auf der Zunge. Aber ich sage nichts und frage nichts, weil die Wörter ihren Weg nicht nach draußen finden. Das kommt daher, weil ich nicht weiß, wie ich anfangen soll.

Stumm gehe ich neben Kim her, die auch nichts sagt. Ich wüsste übrigens auch gern, wohin wir gerade gehen. Zwei Frauen mit Kinderwagen spazieren uns entgegen. Sie reden und lachen und schieben, ohne Platz zu machen, direkt auf uns zu. Kim lässt mich los, geht links im Bogen um die Frauen herum und ich rechts herum. Ich glaube, die Frauen haben uns gar nicht gesehen.

Plötzlich legt Kim eine Hand auf meine Schulter und stoppt mich. Ich sehe sie an. Ihre Augen sind immer noch so merkwürdig dunkel und tief, wie zwei Tunnel. Sie bewegt ganz leicht ihre Lippen. Aber ich höre nichts. Da hält sich Kim die Hand vor den Mund, blinzelt wie verrückt und fängt schon wieder an zu weinen, diesmal ganz leise mit hängenden, zuckenden Schultern. ›Bitte nicht‹, denke ich und weiß nicht, was ich machen soll. Ich stelle mich ganz dicht vor sie.

»Mik hat Schluss gemacht«, sagt Kim schließlich tonlos. »Gestern Nachmittag. Da hat er ...« Ihre Stimme bricht weg. Für einen kurzen Moment dreht sich alles um mich.

»Oh«, sage ich nur. Und noch einmal: »Oh.« Ich weiß, wenn jemand Schluss gemacht hat, dann ist er aus dem Fenster gesprungen, von einer Brücke oder einer Klippe. Oder er hat sich erschossen oder vergiftet. Auf jeden Fall hat er sich umgebracht, auf jeden Fall ist er dann tot! Plötzlich habe ich großes Mitleid mit Mik. Dabei mag ich ihn gar nicht. Mochte ihn nicht. So muss es jetzt heißen. Ich mochte Mik nicht. Ich kann ihn mir tot gar nicht vorstellen.

»So sieht es aus«, sagt Kim und putzt sich umständlich die Nase. Sie stopft das Taschentuch in ihre Hosentasche und geht weiter mit gesenktem Kopf. Ich trotte mit. Kim zündet sich eine Zigarette an. Sie nimmt einen tiefen Zug und pustet den Qualm schräg in den Himmel. Ich hätte jetzt auch gerne was zu tun.

›Warum bloß wollte Mik nicht mehr leben?‹ Nur das kann ich denken. Ich denke es im Rhythmus meiner Schritte. Nur diese eine Frage ist in meinem Kopf: ›Warum bloß wollte Mik nicht mehr leben?‹

»Warum bloß wollte er nicht mehr leben?«, sage ich irgendwann laut. Und meine Stimme klingt, als hätte ich Krümel im Hals.

Kim fährt herum. »Was? Was sagst du da?« Sie guckt mich ungläubig an.

»Warum wollte Mik nicht mehr leben?«, wiederhole ich stockend.

Ich kann zusehen, wie sich Kims Gesicht verändert, wie es plötzlich heller wird und wie die Traurigkeit aus ihren Augen verschwindet. Sie fährt sich mit den Händen durchs noch feuchte Haar, schüttelt den Kopf und dann lacht sie einmal laut auf. Mit beiden Händen fasst sie mich an den Schultern.

»Ach, Sis«, sagt sie und lacht jetzt richtig, mir voll ins Gesicht. »Mik hat sich doch nicht umgebracht! So was macht der doch nicht. Scheißkerl.« Kim lässt mich los und ballt ihre Fäuste. »Er hat sich bloß von mir getrennt, mich abserviert. Er hat mit mir Schluss gemacht. Verstehst du? Mit mir! Schlussmachen – das sagt man doch so, wenn man sich trennt.«

Echt? Sagt man das so? Ich komme mir unglaublich dämlich vor, und bestimmt gucke ich auch so, denn Kim kriegt sich kaum ein. Ich bin jetzt wieder ganz klar im Kopf, gehe ein paar Schritte rückwärts, drehe mich dann um und stapfe davon. Und ich weiß nicht, warum, weiß nicht, warum ausgerechnet jetzt, ich habe doch die ganze Zeit nicht geheult. Aber jetzt eben doch, plötzlich. Und wie! Die Tränen laufen und laufen aus mir heraus, als hätte jemand einen Hahn aufgedreht. Und ganz viel Rotz steckt in meinem Hals und in meiner Nase.

»Franka!«, ruft Kim. »Franka, warte! Jetzt warte doch mal!«

Ich warte nicht. Und renne. Was will die überhaupt noch von mir? Die kann mich mal. Nur wegen Mik dieses ganze Theater. Nur wegen dieses Vollidioten, der, schon wenn er anfängt zu lachen, einem so dermaßen auf die Nerven geht. In so einen verliebt man sich nicht! Wenn, dann doch in einen wie Joscha. Nur zum Beispiel.

»Franka!«

Ich höre Kim dicht hinter mir. Renne schneller. Dafür bin ich nicht ewig durch die Stadt gekurvt, dafür habe ich mich nicht verfahren, nicht dafür, dass ich jetzt von ihr ausgelacht werde. Kim ist schneller als ich, überholt mich, dreht sich um und stellt sich mir in einigem Abstand in den Weg. Auch ich bleibe stehen, senke den Blick, trete auf der Stelle, zittere.

»Lass mich!«, brülle ich. »Lass mich!«

»Franka«, sagt Kim. Sie gurrt wie eine Taube. »Franka.« Dann breitet sie ihre Arme aus, geht leicht in die Knie und kommt langsam auf mich zu, so als müsse sie ein tollwütiges Tier einfangen. »Schwesterchen.«

Kim lacht jetzt gar nicht mehr. Kurz hebe ich den Blick. Besorgt sieht sie aus. Und kommt näher und näher. Und da sind ihre Arme, groß und weit. Und ich kann sowieso nicht mehr rennen. Wohin denn auch? Und weine immer noch. Sie ist bei mir, und ich lasse mich einfach nehmen, lasse mich umarmen von ihr, und Kim riecht nach billigem Duschgel. Schwesterchen. Das hat sie gesagt. Es klang wirklich schön.

»Ich wollte nicht die ganze Nacht wegbleiben«, sagt Kim leise in mein Ohr. »Echt nicht. Es ist einfach passiert.«

»Und ich wollte nicht in deinem Schrank kramen. Tut mir leid. Es ist einfach passiert«, flüstere ich schnell.

Kim lacht leise und wischt meine Tränen weg. »Dann sind wir jetzt quitt?«, fragt sie. Sie sieht mich an.

»Ja, gerne«, sage ich und muss schon wieder weinen.

Und Kim drückt mich noch fester an sich, so stehen wir lange da, und Kim weint auch, aber ganz anders als vorhin. Ewig lange stehen wir so da.

»Hunger?«, fragt sie irgendwann.

Ich nicke und ziehe die Nase hoch. »Ziemlich«, sage ich.

Tante Anita

Das Café heißt *Tante Anita*. Es liegt in einer kleinen Seitenstraße mit hohen Bäumen. Es ist winzig. Links und rechts neben dem Eingang hängen große schwarze Tafeln, auf denen steht, was man alles bestellen kann.

Wir gehen nicht hinein, sondern lassen uns draußen auf ein rotes Sofa plumpsen. Das Sofa knarzt und sieht aus wie vom Sperrmüll. Das Frühstück, das Kim für uns bestellt, heißt genauso wie das Café: *Tante Anita*. Es ist für zwei Personen gedacht, würde aber locker für vier reichen, und Tomaten sind dabei und Karottensalat und komische grüne Blätter, die ich lieber gar nicht erst probiere. Auf jeden Fall ist das Müsli top! Es kracht, wenn man draufbeißt.

»Er heißt gar nicht Mik«, fängt Kim plötzlich an. »Mik heißt eigentlich Torben.«

»Torben? So heißt der? Ist das denn ein Name?«

»Klar. Torben. Wieso nicht? Ich find Torben cool. Er hatte auch nichts dagegen. Mik. Also Torben. So grundsätzlich.«

»Und wieso nennt er sich Mik?«, frage ich.

»Nannte. Wieso nannte er sich Mik.«

»Kapier ich nicht. Ich denke, er lebt noch.« Ich bin komplett verwirrt.

»Pass mal gut auf«, sagt Kim, legt ihr Brötchen aus der Hand und wischt sich mit der Serviette über den Mund. Langsam und sehr deutlich fängt sie an zu sprechen. »Mik. Kim. Kim. Mik. Na? Macht's klick?«

»Nein«, sage ich.

»Lies Mik mal rückwärts.«

Ich lese Mik rückwärts. Buchstabe für Buchstabe. »Kim«, sage ich, kapiere aber immer noch nicht. Aber dann. Sekunden später. »Kim!«, rufe ich. »Mik ergibt rückwärts gelesen Kim.« Jetzt bin ich wirklich beeindruckt. Mir dämmert was.

Und da sagt Kim: »Wegen mir hat er sich Mik genannt. Aus Liebe. Na ja. Das war's dann wohl.« Sie verzieht ihr Gesicht.

»Aus Liebe«, sage ich wie ein Echo. Und dann sage ich erst mal gar nichts mehr, weil ich darüber nachdenke, dass mein Name rückwärts gelesen »Aknarf« ergibt, was wirklich bescheuert klingt. So verliebt kann niemand sein, dass er sich freiwillig »Aknarf« nennt, man könnte es auch niemals erwarten. Flo wird es deutlich leichter haben als ich. Flo ergibt »Olf«, und »Olf« klingt fast wie »Alf«, sogar noch cooler. Die Jungs werden sich später darum reißen, so heißen zu dürfen, und Flo hinterherrennen. Dabei sieht sie gar nicht umwerfend aus.

Bevor wir gehen, muss ich noch schnell aufs Klo. Als ich nach ein paar Minuten zurückkomme, ist mein Teller komplett leer. Kim hat alle meine Reste verputzt.

Nach Hause

»Dann wird Mik jetzt also wieder Torben heißen«, sage ich später, als wir auf dem Weg nach Hause sind und zur Bushaltestelle spazieren.

»Denke mal«, sagt Kim. Wie immer geht sie ziemlich schnell, und ich habe Mühe, mit ihr Schritt zu halten. Plötzlich aber bleibt sie kurz stehen und guckt ganz verschmitzt. »Und dann wird er sich Alrak nennen«, sagt sie. »Wenn er mit einer Karla zusammen ist. Oder Ave, wenn sie Eva heißt.«

Wir gehen weiter.

»Illib!«, rufe ich begeistert. »Illib mit einer Billi.«

»Und Eneleh mit Helene.« Kim tippt sich an die Stirn und verdreht die Augen.

»Mit Jacqueline wird's dann richtig kompliziert«, sage ich.

Kim überlegt, versucht es mit verdrehter Zunge. Wir lachen. Und plötzlich bin ich unglaublich froh, dass wir Mik los sind. Also Torben.

Dann sage ich: »Mit Susa hieße er Asus.«

Kim hört schlagartig auf zu lachen. Zwischen ihren Augen erscheint eine steile Falte. Die Stimmung ist im Eimer und unser Spiel zu Ende. Hab ich was Falsches gesagt?

»Wenn Susa mit dem was anfängt«, zischt Kim. »Also wenn die mit dem was anfängt, dann kann die sich auf was gefasst machen.«

Aus Kims Augen sprühen Funken und in ihrer Hand sehe ich einen Säbel blitzen. Und hinter ihr schäumt der Ozean und ein riesiges Seeungeheuer schießt aus dem Wasser und zerteilt mit seinem Schwanz peitschend die Wellen. Und ich bin Franka und nicht Susa und hoffe inständig, dass Kim das noch weiß. Plötzlich fürchte ich mich ein wenig vor ihr.

Ich bin froh, als unser Bus endlich kommt und wir einsteigen können. Es sind kaum Leute darin. Schweigend sitzen wir nebeneinander fast ganz hinten, der Bus fährt los, Kim holt ihr Handy heraus und fängt an zu tippen.

Ich denke: ›Hoffentlich regt sie sich ab‹, und gucke zum Fenster hinaus. Ich überlege, wo Kim wohl die ganze Nacht gewesen ist. Hat sie überhaupt geschlafen, und wenn ja, wo? Als ich sie im Freibad fand, sah sie nicht aus, als hätte sie in einem Bett gelegen. Ich betrachte Kim von der Seite. Sie merkt es nicht.

Ich wüsste ja gern, wie Mik, also Torben, mit Kim Schluss gemacht hat. Wie so was überhaupt geht? Was sagt man, wenn man den anderen abserviert? Und küsst man sich zum Abschied oder gibt man sich einfach nur die Hand? Oder noch nicht mal das? Zofft man sich ein letztes Mal so richtig mit Herumbrüllen und Türenknallen?

Und da muss ich plötzlich an Papa und Anne denken. Sie haben sich auch getrennt. Ich kann mir nur vorstellen, dass Papa Mama küsst, dass Papa in seinem ganzen Leben immer nur Mama geküsst hat, nur Mama und niemanden sonst. Klar weiß ich, dass es anders ist. Ich weiß, dass Papa Anne geküsst hat. Und nicht nur das. Ich weiß es alles. Alles! Ich kann mir das bloß gar nicht vorstellen! Und plötzlich ist sie wieder da, die wichtige Frage, groß und schwer: Würde Papa sich ein zweites Mal trennen? Würde er uns das antun? Diesmal nicht nur Kim, sondern auch mir?

Kims Handy rappelt. Kim geht dran. Und während sie spricht, kommt mir noch ein anderer beunruhigender Gedanke: ›Wenn Mik sich von Kim getrennt hat, wird Kim dann überhaupt bei uns bleiben? Mik ist doch der Grund gewesen, weshalb sie nicht mit Anne nach Paris gegangen ist.‹

»Jaha«, spricht Kim ins Handy. Und: »Ist gut. Bin gerade im Bus. Ich melde mich später.« Sie legt auf und steckt das Ding weg, gähnt.

›Wenn wir gleich nach Hause kommen‹, denke ich, ›dann wird sie vielleicht schon ihre Tasche packen. Und Tschüss. War nett mit euch. Und hinauf auf die Welle und weg. Lass Haare wehn! Kann sie sich ja gleich mit Papa zusammentun, dann können sie gemeinsam abhauen.‹

»Was guckst du so?«, fragt Kim mich. Sie sagt es freundlich.

Und da traue ich mich.

»Du gehst wieder weg, oder?«, frage ich mit mickriger Stimme. Ich sehe Kim an, dass sie ehrlich erstaunt ist. Sprachlos für einen Moment.

Und dann sagt sie: »Ich, wieder weg? Wohin denn, Sis, wo soll ich denn hin?«

»Nach Paris zum Beispiel.« Ich gucke sie herausfordernd an. Soll sie mal jetzt antworten.

»Paris?« Kim lacht auf. »Nein! Bitte nicht Paris. Es ist doch schön mit euch hier. Was soll ich denn in Paris?«

Ich zucke die Schultern und muss schon wieder weinen.

»Franka! Was ist denn los?« Kim beugt sich zu mir.

»Und Papa?«, schluchze ich leise. »Was ist mit Papa? Wird der weggehen? Irgendwann? Wird der sich noch mal trennen, macht der so was?«

»Ach, Franka.« Kim streichelt über mein Haar. Sie sagt nichts weiter, streichelt nur über mein Haar und hört erst auf damit, als sie wieder anfängt mit leiser Stimme zu sprechen: »Manche Leute merken schnell, dass sie nicht zusammenpassen, schon nach wenigen Wochen oder Monaten. Sie trennen sich. Mik und ich. Bei anderen dauert es länger. Sie heiraten, kriegen Kinder und dann trennen sie sich. Anne und Papa. Dumm gelaufen. Und noch wieder andere wissen, dass sie nicht zusammenpassen, und bleiben trotzdem zusammen. Auch nicht schön.«

Kim macht eine kleine Pause, und ich bibbere schon, dass sie »Mama und Papa« sagt. Ich gucke sie an.

»Und dann, Franka, dann gibt es noch die Glücklichen. Die passen super zusammen und wissen das auch und bleiben deshalb zusammen. Papa und deine Mama.«

Als Kim das gesagt hat, geht eine kleine Sonne in mir auf. Warm und hell. Und fast muss ich schon wieder weinen, aber nur fast. Ich habe nicht gewusst, dass Mama und Papa glücklich sind, ich meine, so richtig glücklich mit Küssen und Händchenhalten. Für mich sind sie immer einfach nur ganz normale Eltern gewesen. Aber woher weiß Kim es? Woran sieht sie es? Gut, Kim hat Erfahrung, mit Papa und Anne hat sie Erfahrung und nun auch mit Mik. Sie reicht mir ein Taschentuch und ich putze meine Nase.

»Besser?«, fragt sie.

»Ja, besser«, sage ich.

Und dann legt sie ihren Arm um mich und fängt leise an zu summen. Und ich lasse meinen Blick über die Sitzreihen hinweg hinaus auf die Straße laufen. Denke: ›Der Bus ist unser Boot.‹ Ja, genau so ist es doch. Wir sitzen in unserem Boot. Und wir sind gerade ziemlich weit gesegelt. Fast einmal ganz rum, durch Sturm und Hagel und Hitze. Und ich war auch ein bisschen seekrank. Aber jetzt ist die See wieder ganz ruhig, platt und glänzend wie ein Spiegel. Die Sonne scheint. Möwen begleiten uns. Und wir segeln nach Hause.

Ich lehne meinen Kopf an Kims Schulter und wünsche mir, dass beide da sind, wenn wir gleich kommen. Mama und Papa.

Polizei

Als wir aussteigen, gucke ich auf die Uhr. Zehn vor eins. Wir sind bestens in der Zeit. Wir biegen in unsere Straße ein. Ich umfasse Kims Arm, gucke sie von der Seite an. Ich habe meine Schwester gefunden, ich allein, und ich bringe sie nach Hause!

Kim bleibt plötzlich stehen.

»Was ist?«, frage ich.

»Hast du nicht jemandem Bescheid gesagt?«, sagt sie, ohne den Blick von der Straße zu nehmen.

»Klar hab ich.«

»Hat ja offensichtlich super geklappt.«

Kim hebt ihren Arm. Ich folge ihrem Arm mit meinem Blick und da sehe ich das Polizeiauto vor unserem Haus. Es kommt mir vor, als würden Tausende Ameisen an mir hochkrabbeln. Wenigstens ist das Blaulicht aus.

»Deinetwegen sind die da«, sage ich.

»Meinetwegen doch nicht. Deinetwegen!«

Wir rennen los. Die Haustür ist offen, wir schleichen gebückt dicht hintereinander die Treppe hinauf, wie in einem Film, atemlos, drücken uns an die Wand und schieben uns langsam nach oben. Erster Stock. Zweiter Stock. Dritter Stock. Unsere Wohnungstür ist geöffnet. Ich höre Stimmen, auch fremde Stimmen.

Mein Herz klopft wild in meiner Brust. Kim dreht sich um zu mir und legt ihren Finger auf die Lippen. Ich nicke. Keinen Mucks werde ich von mir geben.

Wir treten in unseren Flur, Kim auf Zehenspitzen, ihre Absätze schweben über dem Parkett. Ich bin immer noch dicht hinter ihr, lege meine Hand auf ihren Rücken. Wir schleichen an der Küche und am Wohnzimmer vorbei. Ich höre Mama und Papa sprechen. Und noch jemanden, noch zwei Leute! Ich linse hinter Kim hervor, sehe aber niemanden, weil unser Flur einen Knick macht.

Höre Papa plötzlich laut sagen: »Ich gehe da jetzt rein!«

Dann kracht es fürchterlich. Jemand brüllt was. Ich mache einen Satz nach vorn und klebe an Kim, die plötzlich losschießt, um die Ecke. Mama sieht uns als Erste. Und dann Papa. Aber er stürzt nicht auf uns zu wie Mama. Er kann nicht. Er steckt mit einem Bein in Kims Tür! Und das ist jetzt schon wieder wie im Film, da werden auch Türen eingetreten. Aber im Film klappt es immer.

»Papa!«, rufe ich. »Papa!«

Ich laufe zu ihm, laufe vorbei an einem Polizisten und einer Polizistin, die ungefähr nur halb so groß ist wie ihr Kollege und mit ihrem langen, geflochtenen Zopf aussieht wie Rapunzel. Dabei hat sie doch sicher die Pistole unter der Jacke. Ich umarme Papa von hinten. Er zieht sein Bein aus der Tür und drückt mich ganz fest. Weint Papa? Er schnauft so komisch. Und er hört nicht auf sich zu räuspern. Ich habe Papa noch nie weinen sehen.

Ich gucke zu Mama. Mama weint auch. Und wie. Tränen laufen über ihre Wangen, die sie gar nicht wegwischt.

»Mama«, sage ich, springe zu ihr und hänge mich an ihren Hals. »Mama.«

»Mama hat Jacquelines Mutter eben getroffen«, sagt Papa. »Sie fragte, ob beim Arzt alles okay war.«

Ich atme schwer.

»Wir haben sofort die Polizei gerufen«, sagt Papa und räuspert sich schon wieder.

»Meinetwegen?«

»Deinetwegen und wegen Kim natürlich!«, sagt Mama und zieht Kim zu sich heran. Ihre Stimme klingt total verweint.

Papa kommt jetzt mit großen, festen Schritten auf uns zu und umarmt uns alle gleichzeitig. Und dann streicht er Mama eine Haarsträhne aus dem Gesicht und küsst sie zwischen ihre geschlossenen Augen. Mama lächelt. Ich bin sehr froh. Und glücklich. So was von glücklich, dass es fast wehtut. Und erleichtert bin ich auch, dass Mama und Papa nicht mehr im Schlafanzug sind.

Die Rapunzel-Polizistin und ihr Kollege möchten den Kaffee nicht, den Mama ihnen anbietet. Zum Glück dampfen sie gleich wieder ab und wir sind allein. Wir vier. Und Papa holt einen Zollstock und misst Kims Tür aus, weil er gleich nachher eine neue im Baumarkt kaufen will. Aber erst mal möchte er einen Kaffee. Er setzt sich zwischen Kim und mich auf die Küchenbank und legt seinen linken Arm um Kim und seinen rechten um mich. Ich lehne mich an ihn und wünsche mir, wünsche mir so sehr, dass mit uns alles so bleibt, wie es gerade ist.

»Ihr habt doch bestimmt Hunger«, sagt Mama da und winkt mit einer Packung Fischstäbchen.

Ich beuge mich vor und gucke zu Kim. Und Kim beugt sich vor und guckt zu mir.

»Tante Anita«, sagt sie.

Wir prusten los.

Ganz ab

»Also wie jetzt?«, fragt Alina, die Friseurin, und zieht das Haargummi aus meinem Zopf. Meine Haare fallen bis weit über meine Schultern auf den schwarzen Umhang, der groß ist wie ein Zelt.

»Kurz«, sage ich.

»Kurz ist ganz ab«, sagt Alina.

»Neee. Ganz ab ist Glatze.«

»Ganz weg ist Glatze«, sagt Alina und lacht laut. Dann schüttelt sie ihre halblangen Zebra-Haare. »Guck mal, ungefähr so wäre doch auch schon ganz schön kurz.«

»Kürzer«, sage ich. »Ich will es noch kürzer. Ungefähr so wie die da«, sage ich und deute hinter mich. Da sitzt Kim und blättert in einer Zeitschrift. Alina wirft einen schnellen Blick in den Spiegel.

»Wow! Du bist ja mutig.« Sie zieht ein Wägelchen mit Scheren, Bürsten und dem anderen Kram heran, nimmt meine Haare locker im Nacken zusammen und macht ein Gummi darum. Dann zieht sie die Schere aus einem kleinen Lederbeutel an ihrem Gürtel, schneidet zweimal hoch durch die Luft. Und dann setzt sie die Schere an.

Kurz höre ich auf zu atmen. Ratsch und ratsch. Der Zopf ist ab. Ich gucke neben mich. Da liegt er in einem dicken Strang.

»Sind nur Haare«, sagt Alina und zieht das Gummi aus meinem Stummelschwanz.

»Ja, zum Glück nur Haare«, sage ich. Ich betrachte mich im Spiegel. »Total schief«, sage ich und mache mir plötzlich Sorgen.

»Lass mich mal machen«, sagt Alina und legt los. Schnipp, schnipp, schnippschnippschnippschnipp. Die Schere kühl an meinem Ohr und im Nacken und links hinten und rechts oben und überall. Haare fallen und fallen, erst lange Haare, dann nur noch kurze. Und plötzlich fängt Alina an zu reden, erzählt von irgendwelchen Leuten in irgendeinem Kaff, wo sie früher mal gearbeitet hat.

Ich denke: ›Alina, halt doch endlich den Schnabel. Was interessieren mich diese Leute. Pass mal besser auf, sonst ist meine Frisur gleich hin!‹

Aber Alina labert und labert, sie ist doch sonst nicht so, und dann telefoniert sie auch noch, während sie schneidet, klemmt sich einfach den Hörer zwischen Schulter und Wange. Und schneidet mit schief gelegtem Kopf meine Haare. Ich rühre mich nicht, sitze mit schwebenden Füßen stocksteif im Sessel und nehme nicht mal einen Schluck von der Cola, die Alina mir hingestellt hat. Als mein Pony dran ist, kneife ich die Augen zu. Schnipp, schnipp, schnipp, schnipp. Wie lange geht das denn noch?

Endlich ruft Alina: »Fertig!«, und zieht mit einem Schwung den schwarzen Umhang wie ein Zaubertuch von mir herunter. Ich blinzele in den Spiegel, gucke, drehe meinen Kopf. Und ja. Das bin ich. Und das ist jetzt tatsächlich fast wie Zauberei. Wie schön ich bin. Piratinnenschön! Ich grinse breit und gucke zu Kim. Sie hebt beide Daumen.

»Noch Gel?«, fragt Alina.

»Ja, unbedingt!«, sage ich. Ich lehne mich entspannt zurück. Und Alina verteilt duftendes Gel in ihren Händen und fährt mir damit durchs Haar.

Kim hält mir die Tür auf, als wir gehen. Draußen sagt sie: »Siehst aus wie ich.«

»Schlimm?«, frage ich.

»Nein, gar nicht«, sagt Kim und hört nicht auf zu grinsen.

JETZT 9

Schöne Grüße 11
Omi-Opi-Badetag 12

EWIG HER 15

Nachricht 17
Schwester 18
Tussis 19
Backfisch 22
Saustall 24
Noch ein Schrank 26
Chillen 29
Streit 32
Schlagsahne 35
Sis 38
Chopsuey 44
Meeresalgen 47
Piratin 49

BIS GESTERN 55

Mik 57
Halbe Geschichte 60
Achterbahn 62
Schwimmen 66
Peinlich 68
Haare 72
Keine Party 75
Rauchen 80
Ankommen 82

Strandfoto 86
Viel Grau 88
Weihnachten 93
Große Frage 96
Anders 98
Erdbeerwoche 100
Ganz rum 104
Insel 106
Zwei Hosen 114
Schlamassel 116

HEUTE 121

Fast noch Nacht 123
Aufstehen 125
Frühstück 128
Früh dran 132
Apfelmus 136
Slush 142
Gräser und Palmen 144
Kontrolle 148
Joscha 151
Silberkette 157

UND WEITER JETZT 161

Kim 163
Schluss 167
Tante Anita 171
Nach Hause 173
Polizei 177
Ganz ab 180

Petra Postert, geboren 1970 in Stuttgart, studierte Journalistik, Geschichte und Kunstgeschichte in Eichstätt und Ohio/USA. Danach arbeitete sie als Redakteurin und Autorin für den SWR-Hörfunk. Heute schreibt sie Kinderbücher und -geschichten fürs Radio. Petra Postert lebt mit ihrer Familie in der Nähe von Düsseldorf.

Felicitas Horstschäfer, 1983 in Ostwestfalen geboren, hat Design an der FH Münster studiert und arbeitet seit 2009 als freischaffende Illustratorin für verschiedene Verlage im In- und Ausland. Außerdem entwickelt sie mit großer Begeisterung Buchkonzepte. Ihr erstes begann sie als Sechsjährige mit einer viel zu großen Küchenschere und einem 600-Seiten-Notizblock, den sie in ein komplettes Puppenhaus inklusive Klovorleger und Blumenstrauß auf dem Tisch verwandelte. Felicitas Horstschäfer lebt und arbeitet in Berlin.

FSC
www.fsc.org
MIX
Papier aus verantwortungsvollen Quellen
FSC® C014496

TULIPAN-Newsletter
Tolle Lesetipps kostenlos per E-Mail!
www.tulipan-verlag.de

1. Auflage 2016
Text: Petra Postert
Umschlagmotiv: Felicitas Horstschäfer
vermittelt durch die Agentur Susanne Koppe, Hamburg,
www.auserlesen-ausgezeichnet.de
Umschlaggestaltung: www.anettebeckmann.de
Layout und Satz: www.lenaellermann.de
Druck: GGP Media GmbH, Pößneck
ISBN: 978-3-86429-300-9